Die drei ???®

NAME: Justus Jonas
FUNKTION: Erster Detektiv
FRAGEZEICHENFARBE: weiß
BESONDERE MERKMALE: das Superhirn der drei ???; Meister der Analyse und Wortakrobatik; erstaunlich schneller Schwimmer; zu Hause auf dem Schrottplatz von Tante Mathilda und Onkel Titus; zupft beim Nachdenken an seiner Unterlippe
IST FAN VON: Tante Mathildas Kirschkuchen und Denksport aller Art

ei
?

NAME: Peter Shaw
FUNKTION: Zweiter Detektiv
FRAGEZEICHENFARBE: blau
BESONDERE MERKMALE: für körperliche Herausforderungen immer zu haben, dafür kein Ass in der Schule; großer Tierfreund; Spezialist für Schlösser aller Art, die seinem Dietrichset einfach nicht standhalten können; neigt zu Vorsicht und Aberglauben
IST FAN VON: schnellen Autos (insbesondere seinem MG), der südkalifornischen Sonne, so ziemlich jeder Sportart

Die drei ???®

und die brennende Stadt

erzählt von Christoph Dittert

Kosmos

Umschlagillustration von Silvia Christoph, Berlin
Umschlaggestaltung von eStudio Calamar, Girona, auf der Grundlage der Gestaltung von Aiga Rasch (9. Juli 1941 – 24. Dezember 2009)

FSC
www.fsc.org
MIX
Papier aus verantwortungsvollen Quellen
FSC® C014138

Gedruckt auf chlorfrei gebleichtem Papier

ISBN 978-3-440-13736-9
Redaktion: Anja Herre
Lektorat: Michael Kühlen
Produktion: DOPPELPUNKT, Stuttgart
Printed in the Czech Republic/Imprimé en République tchèque

Die drei ???®
und die brennende Stadt

Nachricht aus dem Grab	7
Das Leben eines schwarzen Schafes	18
Es brennt	28
Geisterschwaden	39
Das Rätsel der Diebin	50
Der Stadtforscher	59
Die Falle schnappt zu	71
Jagd in der Ruine	79
Das wahre Zentrum	85
In die Tiefe	96
Kohle, Feuer, Rauch und Tod	106
Katastrophe in der Dunkelheit	114
Die Elfen sind die Wahrheit	125
Was damals in der Finsternis geschah	133

Nachricht aus dem Grab

»Justus, Peter und Bob: die drei ???«, rief eine Männerstimme. Sie kam aus der Richtung des großen Schuppens im Hof des Gebrauchtwarencenters T. Jonas.
Der Erste Detektiv drehte sich um. Diese Stimme kannte er doch! Aber wie sollte ausgerechnet …
Dann sah er mit eigenen Augen, dass er sich nicht getäuscht hatte. »Kommissar Reynolds!«, rief er erfreut. Seinen beiden Detektivkollegen Peter Shaw und Bob Andrews fielen fast die Metallstangen aus der Hand, die sie gerade quer über den Hof schleppten.
Ihr Besucher trat näher und streckte die Hand aus. »Samuel Reynolds, in der Tat! Ich bin ja nicht aus der Welt, bloß weil ich meinen wohlverdienten Ruhestand genieße. Ihr könnt mir glauben: Auch wenn Justus mich schon mal als Urlaubsvertretung aktiviert – die Verbrecherjagd fehlt mir nich wirklich.«
Justus schüttelte ihrem Besucher die Hand. »I… ich … also, ich bin hocherfreut, Sie zu sehen!«
Peter grinste übers ganze Gesicht. »Wenn Just ins Stottern gerät, sollte man ein Kreuz in den Kalender machen! Es freut mich sehr, Kommiss…, ich meine, Sir.«
»Dem schließe ich mich an«, sagte Bob. »Was verschlägt Sie denn nach Rocky Beach? Es ist ja schon eine Weile her, dass die zuletzt hier waren.«
Reynolds lächelte. Ohne seine Polizeiuniform sah er im leuchtend roten T-Shirt und einer ausgewaschenen Jeans-

hose entspannt und erholt aus. Er trug eine Baseballkappe, deren Schirm Schatten auf sein Gesicht warf. »Ich bin … sagen wir, aus privaten Gründen in der Stadt. Aber was für euch viel wichtiger ist: Ich habe einen Fall für die drei ??? im Schlepptau. Ja, ich muss euch in einer Familienangelegenheit um Hilfe bitten. Schließlich weiß ich, dass ihr Spezialisten seid, wenn es um die Aufklärung von Rätseln geht.«
»Interessant«, murmelte Justus, dem ein neuer Fall allemal lieber war, als weiterhin Schrottteile durch die Gegend zu schleppen. Kommissar Reynolds, ihr ehemaliger Mentor bei der Polizei von Rocky Beach, als Auftraggeber? Das versprach spannend zu werden. »Worum handelt es sich denn, Sir?« Er räusperte sich verlegen. »Aber vielleicht wollen Sie sich erst einmal setzen und etwas trinken? Entschuldigen Sie meine Unhöflichkeit. Kommen Sie doch mit ins Haus.«
»Stimmt«, meinte Peter leise. »Eine kleine Pause könnte bei dieser Schufterei in brüllender Hitze nichts schaden.« Doch was tat man nicht alles, um ein paar Dollar zu verdienen, wenn – wie fast immer – Ebbe in der Kasse herrschte? Die drei Detektive hatten sich deshalb nicht lange bitten lassen, als Onkel Titus ihnen vorgeschlagen hatte, wieder einmal den Schrottplatz aufzuräumen.
Tante Mathilda sah die drei Jungen und ihren Gast aufs Haus zukommen und erwartete sie an der Tür. »Kommissar Reynolds! Wie in alten Zeiten! Ach, wenn ich daran denke, was Sie mit Justus und seinen Freunden alles erlebt haben!« In einer ungewohnt sentimentalen Anwandlung strubbelte sie ihrem Neffen durchs Haar. Der starrte sie ebenso verblüfft wie unangenehm berührt an.

Zum Glück überging Reynolds die Peinlichkeit. »Darf ich reinkommen, Mrs Jonas?«
»Aber selbstverständlich! Ich hole Ihnen etwas zu trinken.« Mathilda verschwand eilig in Richtung Küche, während die anderen ins Wohnzimmer gingen.
So kam es, dass Justus, Peter und Bob an einem gewöhnlichen Mittwochnachmittag mit Samuel Reynolds am Tisch saßen und gespannt darauf warteten, was für einen Auftrag der pensionierte Kommissar »im Schlepptau« hatte.

Reynolds trommelte mit den Fingerspitzen auf der Tischplatte. Erst als Justus hinüberblickte, gab er sich einen Ruck und hörte damit auf. Der ehemalige Kommissar schien nervös zu sein. »Ich bin froh, dass ihr nicht gerade in irgendwelchen Ermittlungen steckt, Jungs. Ich weiß nicht, ob es falsch ist, euch mit meinen Problemen zu belästigen.«
»Aber Sir«, sagte Justus. »Wie könnten Sie uns belästigen?« Mit einer routinierten Bewegung zog er eine ihrer Visitenkarten aus der Tasche und legte sie auf den Tisch.

»Ich kenne eure Karte«, meinte Samuel Reynolds. Trotzdem nahm er sie in die Hand und warf einen verklärten Blick darauf, als würde er sich an die vielen Fälle erinnern, die er mit der Hilfe der drei ??? gelöst hatte.
»Dann lesen Sie doch noch einmal die zweite Zeile.« Justus deutete auf die entsprechende Stelle. »›Wir übernehmen jeden Fall‹. Und das gilt erst recht, wenn wir *Ihnen* helfen können!«
»Ich danke euch, Jungs. Ihr seid … Freunde! Und die kann man sich ja, im Gegensatz zu seiner Verwandtschaft, selbst aussuchen.«
Tante Mathilda stellte ausgerechnet in diesem Augenblick ein Tablett mit Getränken ab – und das nicht sonderlich sanft. Die zwei Karaffen, eine mit Wasser, eine mit Saft, stießen aneinander. Sie räusperte sich übertrieben.
Reynolds winkte ab. »Womit ich natürlich nicht Sie meine, Mrs Jonas! Ich bin sicher, Justus hätte sich genau Sie auch liebend gerne ausgesucht.«
»Zumindest wenn sie verspricht, mir nicht mehr durch die Haare zu strubbeln«, meinte der Erste Detektiv.
Peter unterdrückte ein Kichern. Mathilda lächelte gutmütig. »Dann will ich Sie mal mit den Burschen allein lassen. Sie haben es nicht gern, wenn ich sie bei … Dienstbesprechungen störe.« Sie verließ das Wohnzimmer.
»Ich bin sicher, Ihre Bemerkung mit der Verwandtschaft war kein Zufall«, sagte Justus. »Zumal Sie vorhin bereits erwähnten, dass Ihr Fall privater Natur sei.«
»So ist es. Ich bin in die Stadt gekommen, weil mein älterer Bruder hier offenbar schon vor vielen Jahren einen Brief bei

einem Anwalt hinterlegt hat. Er war für mich bestimmt. Deshalb hatte er dafür auch eine Kanzlei hier im Ort gewählt, obwohl er selbst nicht in Rocky Beach gewohnt hat.«

»Er ist gestorben?«, fragte Bob. »Mein Beileid.«

Reynolds tippte wieder mit den Fingerspitzen auf dem Tisch. »Das ist es ja. Mein Bruder ist schon seit zwei Jahren tot und trotzdem hat sich der Anwalt erst jetzt gemeldet. Das Testament war ja lange eröffnet – da war alles geregelt.«

»Rätselhaft!« Peter klang interessiert.

Ihr Besucher nickte. »Und das ist bei Weitem nicht das einzige Rätsel in dieser ganzen Angelegenheit. Aber es ist sicher besser, wenn ich von vorn beginne. Ihr müsst wissen, dass mein Bruder das schwarze Schaf der Familie war.«

Dieser Satz war ihm nur schwer über die Lippen gekommen, doch dann sprudelte es nur so aus ihm heraus. So erfuhren die drei ???, dass Adam Reynolds die meiste Zeit seines Lebens im Gefängnis verbracht hatte. Schon als Jugendlicher war er mit dem Gesetz in Konflikt geraten und das erste Mal hinter Gitter gekommen.

»Vielleicht habe ich deshalb den Beruf eines Polizisten ergriffen.« Der ehemalige Kommissar schenkte sich Wasser ein, ohne allerdings etwas zu trinken. »Um mich von Adam abzugrenzen. Weil ich ihn … ach, versteht ihr, er war mein Bruder, aber zugleich völlig anders als ich. Wir hatten immer Probleme miteinander, wir haben uns viel gestritten. Öfter noch als sonst unter Geschwistern üblich, habe ich mir sagen lassen. Als Erwachsene hatten wir kaum Kontakt. Aber zurück zu dem Brief, den mein Bruder mir hinterlassen hat. Wie gesagt: Mehr als zwei Jahre nach Adams Tod hat mich der Anwalt kontaktiert und mir dann heute Morgen den Brief übergeben.«

»Haben Sie nachgefragt, warum er das erst so spät gemacht hat?«, fragte Justus. »Ist ihm da ein Fehler unterlaufen?«

»Das war kein Irrtum, das hat der Anwalt mir versichert. Aber eine Erklärung hat er mir auch nicht gegeben, sondern sich auf seine Schweigepflicht berufen. Er hat allerdings betont, dass es sehr wohl einen konkreten Anlass gab, sich ausgerechnet jetzt zu melden.«

»Und weiter?«, fragte Bob.

»Ich habe hier den Brief.« Reynolds zog ihn aus seiner Hosentasche; das einfache weiße Blatt steckte in einem in der Mitte gefalteten Umschlag. »Soll ich euch den Text vorlesen? Er ist mysteriös, gelinde gesagt. Ich verstehe so gut wie kein Wort.«

Die drei ??? nickten gleichzeitig. »Geheimnisvolle Botschaften und Rätsel aller Art sind schließlich unsere Spezialität!«, versicherte Peter.

»Wartet es nur ab!« Reynolds entfaltete das Blatt. »Also passt auf: *Wenn dich wirklich interessiert, was damals in der Finsternis geschehen ist, kleiner Bruder, dann sieh im wahren Zentrum der Zentrumsstadt nach. Die Elfen sind die Wahrheit. Ach, würde es nur nicht brennen! Es hat so viel Zeit gekostet: dreizehn Jahre, vierzehn Monate und fünfzehn Wochen.*«

»Was soll das bedeuten?«, fragte Bob.

Justus pfiff leise durch die Zähne. »In der Tat sehr mysteriös. Darf ich den Brief mal sehen, bitte?«

Ihr Besucher überreichte ihm das Blatt. Der Erste Detektiv las die Nachricht ein zweites Mal.

Und ein drittes Mal.
Und verstand immer noch nichts.
Seinen Kollegen, die ihm über die Schulter schauten, erging es offenbar nicht anders. »Eine Menge Fragen«, sagte Bob schließlich. »Von welcher Finsternis redet er? Was meint er mit der Zentrumsstadt? Was hat es mit dem Brand auf sich und wieso gibt er eine so seltsame Zeitangabe? Dreizehn Jahre, vierzehn Monate und fünfzehn Wochen. So drückt sich doch kein Mensch aus!«
»Nicht mal Justus, wenn er zu Hochform aufläuft«, stimmte Peter zu. »Kann es sein, dass Ihr Bruder ... entschuldigen Sie bitte, Sir ... dass er verwirrt war, als er das schrieb? Außerdem schreibt er, dass die Elfen die Wahrheit wären. Elfen sind Fabelwesen, so wie Zwerge oder Kobolde – von Wahrheit kann man da wohl kaum sprechen!«
Samuel Reynolds rückte seine Mütze zurecht. »Ein klein wenig davon verstehe ich. Ich glaube es zumindest. Wie gesagt, ich muss euch noch einiges über meinen Bruder und sein Leben erzählen, aber ein richtiger Einschnitt war seine Verhaftung mitten in der Nacht, nach einer spektakulären Flucht quer durch Amerika. Danach musste er für viele Jahre ins Gefängnis.«
»Ich verstehe, worauf Sie hinauswollen«, sagte Justus. »Eine Verhaftung in der Nacht – darauf bezieht er sich, wenn er schreibt, *was damals in der Finsternis geschehen ist.*«
»Genau. Er gibt mir den Auftrag herauszufinden, was sich in jenen Stunden wirklich ereignet hat. Und natürlich interessiert es mich! Deshalb bitte ich euch um Hilfe, Jungs. Ich möchte euch engagieren.«

»Schon passiert!«, versicherte Peter. »Nur wissen wir nicht, wo wir mit unseren Ermittlungen beginnen sollen.«
»Aber das sagt uns der Verstorbene doch«, meinte Justus. »Wir werden genau dort nachsehen, wovon Adam schreibt: *im wahren Zentrum der Zentrumsstadt.*«
»Und wo soll das sein, Just?«
Der Erste Detektiv hob Schultern und Augenbrauen. »Keine Ahnung. Das müssen wir erst noch herausfinden.«
»Na prima«, flüsterte Bob. »Wir wissen weder, welchen Ort er als Zentrumsstadt bezeichnet, noch, was dort das sogenannte wahre Zentrum sein soll.«
»Rätsel sind dazu da, um gelöst zu werden!« Justus grinste. »Ich bin dazu bereit! Ihr nicht?«
»Wir sind die drei ???«, betonte Peter. »Wir sind allzeit bereit! Das könnten wir glatt noch auf unsere Visitenkarte drucken lassen!«
»Eines noch, ehe ich euch mehr von meinem Bruder erzähle.« Der ehemalige Kommissar hob seine Baseballmütze und schaute zur Seite. Am Hinterkopf kam eine dicke Beule zum Vorschein. Den drei ??? tat es schon beim bloßen Hinsehen weh. »Ich bin überfallen worden, kaum dass ich die Kanzlei verlassen hatte. Jemand wollte mir den Brief stehlen.«
»Lassen Sie das ja nicht Tante Mathilda sehen«, bat Justus, »sonst schickt sie Sie gleich zum Arzt und lässt Sie …«
»Das wäre vielleicht gar keine schlechte Idee«, unterbrach Peter. »Das sieht übel aus.«
»Es schmerzt ziemlich«, gab ihr Besucher zu. »Aber es ist nicht das erste Mal, dass ich einen Schlag abbekommen habe. Unkraut vergeht nicht, wisst ihr! Wir sind also nicht die

Einzigen, die das Rätsel dieser Botschaft lösen wollen. Es gibt jemanden, der großen Wert darauf legt, schneller als wir zu sein.«
»Haben Sie den Täter erkennen können?«, wollte Bob wissen, während Peter gleichzeitig fragte: »Wie hat sich der Überfall abgespielt? Gab es Zeugen?«
»Ich sehe schon, ich muss alles genau erklären«, meinte Samuel Reynolds.
Justus nickte. »Um die Sachlage korrekt einzuschätzen, müssen wir alle Fakten kennen. Das ist natürlich unerlässlich.«
So erzählte der ehemalige Kommissar, wie er nach dem Verlassen des Anwaltsbüros in den kleinen Stadtpark gegangen war, an dessen anderem Ende er sein Auto abgestellt hatte. »Ich war völlig allein unterwegs. Niemand weit und breit, nur ein paar Leute am gegenüberliegenden Ufer dieses Teichs da, ihr wisst schon. Plötzlich habe ich gehört, wie jemand mit schweren Schritten auf mich zurannte. Ich konnte mich nicht mehr herumdrehen, da haben mich schon richtig massige Arme von hinten umklammert. Und eine dumpfe Stimme hat mir ins Ohr gekrächzt, ich solle ihm sofort den Brief geben.«
»Gekrächzt?«, hakte Justus nach.
»Ja, in einer rauen Stimmlage, wie während einer schweren Erkältung. Völlig heiser oder mit belegten Stimmbändern, ihr versteht schon. Ich habe mich natürlich geweigert. Dank meiner Jahre bei der Polizei kenne ich schließlich so einige Tricks. Ich mag pensioniert sein, gehe aber noch nicht am Krückstock! Also habe ich den Griff gesprengt, bin herumgewirb…« Reynolds verzog schmerzlich das Gesicht. »Tja, und

dann hat der Kerl zugeschlagen. Mit einem kleinen Knüppel, schätze ich, vielleicht auch einer Art Schlagring um seine Faust. Da hab ich erst mal Sterne gesehen, ihm aber auch noch einen Schlag in den Bauch verpasst.«

Die drei ??? hingen an seinen Lippen, gespannt auf jedes weitere Wort.

»Trotzdem war mir schwindlig, das gebe ich zu. Zu meinem großen Glück waren die Passanten auf der anderen Seite des Teiches aufmerksam geworden. Und noch mehr Glück war wohl, dass sie nicht einfach weggeschaut haben, sondern rübergerannt sind und dem Angreifer zugerufen haben, dass er mich in Ruhe lassen soll. Das ist leider bei Weitem nicht mehr selbstverständlich, wisst ihr?«

Der Zweite Detektiv nickte langsam. »Heutzutage erhält man eher Aufmerksamkeit, wenn man ›Feuer!‹ schreit, als wenn man um Hilfe ruft.«

Mr Reynolds sah ihn nachdenklich an. »So ist es – leider! In meiner Zeit als Polizist habe ich das oft genug erleben müssen. Aber zurück zur Sache. Jedenfalls hat sich der Angreifer zurückgezogen. Und bevor ihr fragt: Ich konnte kaum etwas von ihm erkennen. Er trug eine Mütze tief ins Gesicht gezogen und eine dunkle Jacke mit hohem Kragen. Ein bulliger, grobschlächtiger Kerl, mehr kann ich nicht sagen.«

»Da stellt sich vor allem eine Frage«, zog Justus ein vorläufiges Resümee: »Was kann an dieser seltsamen Botschaft so wichtig sein, dass jemand Sie genau abpasst und handgreiflich wird, um den Brief in seine Gewalt zu bekommen? Auch der zeitlich genau abgestimmte Überfall spricht dafür, dass es einen guten Grund gibt, warum Sie der Anwalt ausgerechnet jetzt kontaktiert hat, Sir. Ich bin sicher, dass wir von diesem Angreifer schon bald wieder hören werden. Da steckt mehr dahinter als nur die verschlüsselte Nachricht eines Verstorbenen an seinen Bruder wegen irgendwelcher Familienangelegenheiten …«

Das Leben eines schwarzen Schafes

Nicht nur Samuel Reynolds, sondern auch die drei ??? bedienten sich an den Getränken.
Onkel Titus kam ins Wohnzimmer und begrüßte ihren Gast. »Es ist schön, Sie zu sehen. Sie haben während Ihrer Amtszeit viel für Justus und seine Freunde getan. Der Sonderausweis als ehrenamtliche Junior-Detektive und Mitarbeiter der Polizei-Direktion von Rocky Beach, den Sie ihnen ausgestellt haben, ist ja geradezu legendär!«
Der ehemalige Kommissar winkte ab. »Ich bin sicher, dass mein Nachfolger Inspektor Cotta seinen Dienst ebenso gut erledigt und die Hilfe der drei ??? zu schätzen weiß.«
Onkel Titus verabschiedete sich und Reynolds brachte das Gespräch wieder auf seinen Bruder. »Adam ist 1939 geboren worden und hat sich, wie bereits gesagt, früh zum schwarzen Schaf der Familie entwickelt. Schon mit 16 Jahren ist er von zu Hause weg, also 1955. Irgendwie hat er sich durchgeschlagen. Ich weiß kaum etwas über sein Leben seitdem. Im Nachhinein bedauere ich es, aber es lässt sich nun mal nicht mehr ändern. 1958 saß er zum ersten Mal im Gefängnis, wegen irgendwelcher kleinerer Delikte, zuletzt wegen eines Autodiebstahls. Noch nicht mal ein besonders wertvoller Wagen. Ein Jahr später ist er wieder freigekommen und unsere Eltern wollten sich seiner annehmen, doch er hat sich völlig zurückgezogen. Ich habe mit ihm damals nur ein ein-

ziges Mal am Telefon gesprochen, wenn ich mich recht erinnere.«

»Klingt traurig«, sagte Peter.

»War es auch.« Reynolds knirschte mit den Zähnen. »Und ist es immer noch. Kurz darauf hat er geheiratet. Und zu unserer Überraschung nicht einmal eine … na ja, wie soll ich sagen … es war keine Gangsterbraut, versteht ihr? Auf der Hochzeit habe ich Adam zum ersten Mal seit Langem gesehen. Seine Frau war eine junge Lehrerin. Die beiden wirkten glücklich, ein richtiges Traumpaar. Ich hoffte, nun würde sich alles zum Besseren wenden.«

»Aber so kam es nicht?«, vermutete Justus.

»Ganz und gar nicht. 1962, also in den ersten Ehejahren, hat Adam mit einem unbekannten Komplizen eine Bank überfallen. Das hat damals wegen der extrem großen Beute überall Schlagzeilen gemacht und ich muss zugeben, dass ich mich sogar geschämt habe, weil ich Angst hatte, das würde meiner Karriere bei der Polizei schaden. Adam und sein Kumpan sind quer durch die USA geflohen.« Reynolds musste lachen. »Wie in einem Roadmovie, könnte man sagen. War eine ganz schön verrückte Sache. Das ging monatelang so, bis Adam schließlich im Bundesstaat Pennsylvania gestellt wurde.«

»Damals in der Finsternis«, zitierte der Erste Detektiv aus der Botschaft des Toten.

»So ist es! In jener Nacht konnte Adam nicht mehr fliehen, wie es ihm vorher einige Male gelungen war. Wohl aber sein Komplize – ihn hat man nie gefasst. Adam hat geschwiegen und ihn nie verraten. Selbst als man ihm Strafminderung

versprach, hat er dichtgehalten. Die Beute ist ebenfalls nie aufgetaucht, wahrscheinlich hat sich der Kumpan meines Bruders damit ein schönes Leben gemacht. Adam hingegen hat bis 1977 im Gefängnis gesessen, eine Ewigkeit lang!«
Wieder trank ihr Besucher etwas. Keiner der drei ??? wollte eine Zwischenfrage stellen. Sie alle brannten darauf, mehr zu erfahren, aber sie spürten, dass sie Reynolds jetzt nicht unterbrechen durften.
»Ich habe erst nach Wochen davon erfahren, dass er 1977 aus dem Gefängnis gekommen ist. Zuerst dachte ich, er wäre irgendwo untergetaucht und ich würde ihn nie finden können. Doch Adam hat mich noch einmal überrascht.« Reynolds schüttelte den Kopf. »Er war wieder bei seiner Frau.«
»Der jungen Lehrerin?«, entfuhr es Peter.
»Na, allzu jung kann sie da nicht mehr gewesen sein«, meinte Justus altklug.
»Genau die«, erklärte ihr Besucher. »Phyllis hatte ihn in all den Jahren seiner Gefangenschaft nicht verlassen! Nach außen hin haben die beiden zusammengelebt, als wäre nichts geschehen. Ich habe sie einmal besucht, aber gemerkt, dass ich im Grunde nicht willkommen war. Es war, wie es eben war. Vor zwei Jahren schließlich ist mein Bruder Adam gestorben und seitdem …«
Weiter kam er nicht. Ein Knall riss ihm den Rest des Satzes von den Lippen.
Die Scheiben klirrten. Das halb geöffnete Fenster ruckelte, als wollte es aus dem Rahmen fliegen. Dahinter schoss eine Stichflamme in die Höhe.
Flammen wallten auf, entfalteten sich und prasselten wie ein

großes Lagerfeuer. Nur dass dies hier alles andere als idyllisch und harmonisch war. Eine Explosion, draußen im Hof des Gebrauchtwarencenters!

Ein Schrei gellte durch das Haus – Tante Mathilda!

Die drei ??? und Samuel Reynolds sprangen nahezu gleichzeitig auf. Fassungslos sahen sie, wie das Feuer vor dem Fenster in sich zusammenfiel. Dunkler Rauch stieg auf und quoll bis ins Wohnzimmer.

Peter war zuerst an der Tür, riss sie auf und stürzte in den Flur, auf dem Weg ins Freie. Was war im Hof geschehen?

Als der Anführer der drei ??? das Wohnzimmer ebenfalls verließ, donnerte es ein weiteres Mal. Justus glaubte sogar, eine leichte Druckwelle durch das Fenster und den ganzen Raum zu spüren, die ihm in den Rücken schlug.

Totenbleich eilte Tante Mathilda die Treppe herunter, Onkel Titus folgte ihr. Auch seine Gesichtsfarbe sah alles andere als gesund aus.

»Stehen bleiben!«, rief Samuel Reynolds mit der Bestimmtheit und Autorität des langjährigen Polizeibeamten. »Ich gehe zuerst! Wenn dort jemand mit einer Waffe wartet, müssen wir …«

Doch da hatte Peter bereits die Haustür aufgerissen.

Reynolds drängte an ihm vorbei und blickte in alle Richtungen. Justus stand hinter ihm. Niemand schien sich im Innenhof zu befinden. Nun ließen sich die drei ??? nicht mehr zurückhalten. Alle eilten nach draußen. Um die Stelle zu erreichen, wo die Explosionen stattgefunden hatten, mussten sie um die Hausecke vor das Wohnzimmerfenster.

Gemeinsam rannten sie hin.

Schwarzer Rauch erschwerte ihnen die Sicht. Asche trieb noch immer durch die Luft. Holzsplitter lagen überall verstreut. Die Reste zweier fußballgroßer Bomben standen auf dem kleinen Beet; sie sahen aus wie schwarze Feuerschalen aus Metall.
Die Blumen ringsum wirkten wie niedergemäht. Erdklumpen klebten an der Hauswand und den Fensterscheiben. Vereinzelt glühten Funken auf der Erde.

Der neue Fall der drei ??? ist offenbar weitaus gefährlicher, als man zunächst vermuten konnte. Kaum habe ich meine drei alten Freunde und ehrenamtlichen Junior-Detektive engagiert, gibt es einen Bombenanschlag mitten auf dem jonasschen Schrottplatz.
Was immer Adam mit seiner mysteriösen Botschaft sagen will, es trägt offenbar im wahrsten Sinne des Wortes Zündstoff *in sich. Nur – warum? Auf den Garten und die Blumen von Mathilda Jonas hat es der Unbekannte wohl kaum abgesehen.*
Weshalb also dann eine Bombe, die alle Beteiligten aus dem Haus vertreibt? Aha … könnte es eben genau darum gehen? Was meint ihr? In all der Aufregung hat nicht einmal Superhirn Justus diese Möglichkeit in Betracht gezogen.

»Sehr seltsame Bomben«, stellte der ehemalige Kommissar mit einem Blick fachkundig fest. »Hier stimmt etwas ganz und gar nicht, denn …« Er stockte mitten im Wort, streckte den Arm aus. »Da!«

Eine massige Gestalt flitzte gerade um die Ecke des großen Schuppens. Sofort rannte Reynolds los. Peter folgte ihm, Onkel Titus ebenso, wenn auch merklich langsamer.
Im selben Moment glaubte Justus, durch das Fenster eine Bewegung im Wohnzimmer zu erkennen! Der Erste Detektiv kombinierte und schaltete augenblicklich. »Die wollen uns nur nach draußen locken! Jemand ist im Haus!«
Nun stürmte auch er los, der Haustür entgegen. Er musste ins Wohnzimmer!
Aus dem Augenwinkel bemerkte er noch, dass sich Bob mit derlei Umwegen nicht zufriedengab. Der dritte Detektiv wählte denselben Weg, den zuvor auch zweifellos der unbekannte Eindringling genommen hatte – durch das nun völlig hochgeschobene Fenster!
Als Justus um die Ecke hetzte, sprang gerade eine Frau mit einem großen Satz von der Haustür ins Freie. Sie entdeckte ihn und spurtete los, zum großen Tor, das auf die Straße führte. Er rannte hinterher, hörte, wie irgendwo auf dem Grundstück Samuel Reynolds rief: »Polizei! Bleiben Sie stehen!« Dass er pensioniert war, wie er kurz zuvor noch betont hatte, kümmerte ihn in diesem Augenblick offenbar nicht.
Der Erste Detektiv versuchte aufzuholen, doch die Frau war schneller als er. Auch als Tante Mathilda ihr aufgeregt entgegenrannte, schlug sie nur einen Haken, sauste an ihr vorbei und hetzte durch das Tor auf die Straße.
Es rumpelte vom großen Schrottberg her, wo auch die geheime Zentrale der drei ??? lag: ein alter Wohnwagen. Weil Justus die Diebin niemals würde einholen können, eilte er dorthin.

Mit einer erstaunlichen Behändigkeit kletterte der bullige Bombenleger dort in die Höhe; zweifellos derselbe Kerl, der zuvor Samuel Reynolds im Stadtpark überfallen hatte. Der ehemalige Kommissar blieb am Fuß des Schrottberges zurück, doch Peter verfolgte den Eindringling. Aber der hatte zu großen Vorsprung, als dass der Zweite Detektiv ihn noch aufhalten konnte.

Der Mann kletterte weiter und verschwand auf der anderen Seite des Bergs. Von dort würde er zweifellos über den Zaun klettern, der das Gebrauchtwarencenter T. Jonas von der Straße trennte.

Kurz darauf stand fest: Die beiden Unbekannten waren entkommen.

»Wir haben uns reinlegen lassen wie blutige Anfänger!«, sagte Bob einige Minuten später zerknirscht. »Wie die Trottel sind wir alle nach draußen gestürmt, als die Bomben hochgegangen sind!«

Den Brief hatten sie auf dem Tisch liegen lassen – leichte Beute für die Diebin, die sofort ins Wohnzimmer eingestiegen war, als es verlassen dalag. Während ihr grobschlächtiger Komplize draußen noch für Ablenkung sorgte und sich zweifellos ganz bewusst noch gerade so sehen ließ, hatte die Frau die offenbar wertvolle Hinterlassenschaft von Adam Reynolds entwendet und war durch die Haustür geflohen. Was zuvor im Stadtpark nicht gelungen war, hatten die beiden nun mithilfe der Bombenexplosion nachgeholt.

»Mann, das war knapp! Du hättest die Diebin fast noch gestellt, Justus«, sagte Peter.

»Aber sie ist mir entkommen!«, antwortete dieser schlecht gelaunt. »›Fast‹ nützt uns überhaupt nichts!«
Die Bomben waren im Grunde harmlos gewesen: Sie hatten zwar eine Menge Lärm und Rauch gemacht, aber wirklichen Schaden hatten sie nicht anrichten können. »Ein besseres Feuerwerk« hatte Reynolds es genannt, das sich die beiden Schurken zweifellos selbst zusammengebastelt hatten.
»Ehe wir weiter nachdenken«, forderte Bob, »müssen wir versuchen, den Text der Botschaft ganz genau aufzuschreiben! Es kann auf jedes Wort ankommen in so einem Rätseltext. Ein winziger Unterschied kann zu einer völlig anderen Bedeutung führen. Also konzentriert euch! Schließlich haben wir ihn alle mehrfach gelesen, vor allem Sie, Kommissar!«
»Exkommissar«, korrigierte Reynolds.
Bob grinste. »Das klang vorhin aber ganz anders. Sie haben's immer noch drauf.«
Gemeinsam gelang es ihnen, den vollständigen Text zu rekonstruieren. Dabei verbesserten sie sich mehrfach gegenseitig, bis sie mit dem Ergebnis zufrieden waren. Zumindest glaubten sie, dass sie nun genau die gleiche Botschaft in Händen hielten, die Adam Reynolds seinem Bruder hinterlassen hatte.
Wenn dich wirklich interessiert, stand auf dem Zettel, *was damals in der Finsternis geschah, kleiner Bruder, dann sieh im echten Zentrum der Zentrumsstadt nach. Die Elfen sind die Wahrheit. Ach, würde es nur nicht brennen! Es hat so viel Zeit gekostet: dreizehn Jahre, vierzehn Monate und fünfzehn Wochen.*

Erst beim vierten Durchlesen fiel Justus noch ein Fehler auf. Er tippte auf das Wort »echten« im ersten Satz. »Das muss ›im wahren Zentrum‹ heißen, ich bin mir sicher.«
»Das macht doch keinen Unterschied«, sagte Peter, korrigierte es aber sofort.
»Das wissen wir nicht! Wenn sich eine Geheimbotschaft zwischen den Zeilen verbirgt, kann alles wichtig sein, jeder Buchstabe und jedes Satzzeichen!« Er wandte sich an ihren Auftraggeber: »Der Mann, den Sie verfolgt haben, Mr Reynolds – war das derselbe, der Sie im Park angegriffen hat?«
»Vermutlich. Wie gesagt, ich konnte ihn nicht genau erkennen. Aber die Statur stimmt und der Verdacht liegt ja ohnehin nahe. Wer diese Diebin sein soll, ist mir schleierhaft. Das alles ist mir ein Rätsel!«
Justus nickte. »Ich habe die Frau, die hier eingebrochen ist, leider auch nur schlecht gesehen. Ich könnte noch nicht mal sagen, wie alt sie eigentlich war. Aber eines wissen wir: Schlank ist sie und körperlich fit. Immerhin ist sie auch sehr schnell durch das Fenster ins Wohnzimmer geklettert.«
»Was alles andere als einfach ist«, gab Bob zu bedenken, der ihr ja vor wenigen Minuten auf ebendiesem Weg gefolgt war, ohne etwas ausrichten zu können.
»Wer sie ist oder was sie mit dem bulligen Kerl zu tun hat, darüber können wir nur rätseln. Nur eines wissen wir: Sie hat jetzt den Brief. Und sie schreckt auch vor Verbrechen nicht zurück.«
Draußen ertönte der Lärm quietschender Reifen. Durch das Fenster konnte man deutlich den Wagen von Inspektor Cotta sehen. Selbstverständlich hatte das Ehepaar Jonas die

Polizeistation von Rocky Beach über die Explosionen und den Einbruch informiert.

»Na, dann gehe ich mal und begrüße meinen Kollegen und Nachfolger«, sagte Samuel Reynolds. »Ich habe ihn lange nicht gesehen. Ich erkläre ihm alles, was hier geschehen ist.«

So blieben die drei ??? allein im Wohnzimmer zurück.

»Ich habe nachgedacht«, ergriff Bob das Wort. »Seht euch mal die letzten Zeilen an. Von welcher Zeitspanne spricht Adam Reynolds dort? Dreizehn Jahre, vierzehn Monate, fünfzehn Wochen. Eine sehr seltsame Abfolge. Wann genau saß Adam im Gefängnis?«

Darauf konnte ihm keiner eine Antwort geben.

»Ich weiß nur, dass es sehr lange war«, sagte Peter. »Ein Wunder, dass ihm seine Frau, diese Lehrerin, die ganze Zeit über die Treue gehalten hat. Das muss ja wirklich die große Liebe gewesen sein.«

Justus knetete nachdenklich seine Unterlippe. »Wir können Kommissar Reynolds nach den genauen Daten der Gefangenschaft seines Bruders fragen, wenn du es für wichtig hältst.«

»Exkommissar«, verbesserte Bob.

»Ach, daran werde ich mich nie gewöhnen …«

Es brennt

»Ihr wollt wissen, von wann bis wann mein Bruder genau im Gefängnis saß?« Samuel Reynolds runzelte die Stirn. Inzwischen standen die drei ??? bei ihm im Hof, Inspektor Cotta war wieder gefahren. »Vor Kurzem hätte ich es noch nicht gewusst, aber als die Nachricht vom Anwalt kam, habe ich mich natürlich damit beschäftigt: November 1962 bis Mai 1977.«

Bob grinste zufrieden. »Genau, wie ich vermutet habe. Also, dieses Rätsel wäre gelöst! Wisst ihr, wie lange es dauert von November 1962 bis Mai 1977?«

Justus nickte und er sah äußerst glücklich aus. »Dreizehn Jahre, vierzehn Monate und fünfzehn Wochen, wenn ich mich nicht täusche! Oder, wie man es normalerweise ausdrücken würde, etwa vierzehneinhalb Jahre.«

»Darauf also bezieht sich die seltsame Zeitangabe in Adams Botschaft«, meinte Samuel Reynolds. »Das hätte ich auch selbst erkennen können. Nur warum hat er sich so eigenartig ausgedrückt? Und was sollen die ganzen anderen Rätsel?«

»Dazu sollten Sie sich den Anfang der Nachricht Ihres Bruders anschauen, Sir«, bat Justus. »Er betont dort etwas – nämlich ob es Sie *wirklich* interessiert, was damals geschehen ist, als er gefangen genommen wurde. Es soll Sie Mühe kosten, Licht ins Dunkel zu bringen. Das ist wohl ein Hinweis darauf, dass es um Ihr Verhältnis nicht immer gerade zum Besten stand. Nur wenn Ihnen Ihr Bruder eben doch wichtig ist, sollen Sie die Botschaft verstehen können.«

»Er bedeutet mir etwas!«, sagte der ehemalige Kommissar mit fester Stimme. »Und wenn ich das erst jetzt, zwei Jahre nach seinem Tod beweisen kann, dann soll das eben so sein.« Er senkte den Blick. »Vor allem will ich es wohl mir selbst beweisen.«

»Aber was hat es mit dem eigenartigen Hinweis auf das Feuer auf sich? *Ach, würde es doch nicht brennen!* So steht es in der Botschaft. War er damals von Flammen eingesperrt und konnte deshalb nicht fliehen? Oder gab es einen Brand in seinem Gefängnis?«

»Nichts von alldem!«, sagte Samuel Reynolds. »Zumindest nicht, soweit ich weiß. Aber … nun ja, ich weiß eben nicht viel, wie ich euch ja schon erklärt habe. Dieses Rätsel lässt sich wohl nicht einfach durch Nachdenken lösen. Ich fürchte, ihr werdet ermitteln müssen, Jungs.«

Die drei ??? warfen sich kurze Blicke zu. Justus übernahm die Antwort. »Aber sicher! Und bekanntlich übernehmen wir nicht nur jeden Fall, sondern setzen auch alles daran, ihn zu lösen! Wir werden nicht aufgeben, Sir, und wirklich alles tun, um ihnen zu helfen!«

Reynolds hob die Hand und nickte den Jungen zu. »Ich bin gespannt! Wenn Inspektor Cotta irgendetwas über die beiden Schurken herausfindet, die hier für Unruhe gesorgt haben, lasse ich es euch sofort wissen. Ich wohne in einem Hotel am Hafen. Hier ist meine Handynummer, über die ihr mich ständig erreichen könnt!« Er gab ihnen einen Zettel. »Zögert nicht, mich anzurufen, und wenn es mitten in der Nacht sein sollte. Wahrscheinlich finde ich sowieso keinen Schlaf.« Er verabschiedete sich.

Mit Feuereifer stürzten sich die drei ??? auf ihren neuen Fall. Zunächst stand einige Recherchearbeit an.
Sie betraten ihre Zentrale über das Kalte Tor, einen großen Kühlschrank, der mitten in einem Schrottberg stand und dessen Rückwand sich öffnen ließ.
Bob ging sofort ins Internet und startete seine Recherche. Um seine beiden Freunde kümmerte er sich nicht. Er öffnete eine Suchmaschine, um herauszufinden, was es mit der geheimnisvollen *Zentrumsstadt* auf sich hatte. Mit etwas Glück würde er so wenigstens einen Gedankenanstoß erhalten.
Es gab eine Menge Treffer. Einer der ersten führte auf eine Stadt in der Schweiz, die sich selbst so bezeichnete, weil sie sich als wirtschaftliches Zentrum ihrer Region verstand. Doch eine Stadt in der Schweiz? Die konnte unmöglich gemeint sein. Die übrigen Ergebnisse behandelten »Zentrumsstadt« wie zwei Wörter und bezogen sich dann auf das jeweilige Zentrum unterschiedlicher Städte – zumindest, soweit Bob die Ergebnisse sichten konnte.
Enttäuscht ging Bob auf die Startseite der Suchmaschine, überlegte und startete eine neue Anfrage: »Zentrumsstadt Pennsylvania« tippte er, denn in diesem Bundesland war Adam Reynolds damals gestellt und verhaftet worden. Wieder nichts. Er änderte »Zentrumsstadt« zu »Zentrum Stadt«, um mehr Treffer zu erzielen. Einer plötzlichen Eingebung folgend fügte er noch das Wort »brennen« hinzu, das der Verfasser des rätselhaften Briefes ja mit einem Ausrufezeichen betont hatte.
Diesmal hatte er mehr Glück. Bald entdeckte Bob einen viel-

versprechenden Hinweis. Er klickte sich über mehrere Seiten weiter und rief nach einigen Minuten begeistert: »Volltreffer, Kollegen! Ich hab's!«
Seine beiden Freunde streckten sofort ihre Köpfe über seine Schulter. Justus kaute lautstark und zu allem Überfluss unangenehm nah an seinem Ohr. Es roch ziemlich köstlich nach einem Schokoladen-Cookie.
»Centralia in Pennsylvania«, sagte Bob triumphierend. »Eine Stadt mit einer ganz besonderen Geschichte. Sie hieß früher Centreville – näher an dem Begriff *Zentrumsstadt* geht es wohl nicht mehr!«
»Dem kann ich nicht widersprechen«, kommentierte Justus auf seine typisch hochgestochene Art. Nur waren die Worte kaum zu verstehen; er kaute auf beiden Backen. »Es könnte aber auch Zufall sein, denn …«
»Kein Zufall, Just!« Bob klickte auf eine andere Seite. »Schaut euch an, wie man Centralia in Pennsylvania noch nennt: die brennende Stadt!«

Die brennende Stadt? Eine eigenartige Bezeichnung, da jeder Brand nach einer gewissen Zeit gelöscht wird und daher nicht als Namensgeber taugt. In den Köpfen der drei ??? jedenfalls löst dieser Beiname eine Menge Bilder aus. Er klingt nach Gefahr, aber auch nach Abenteuer. Vor allem ist der Zusammenhang mit der geheimnisvollen Botschaft überdeutlich.
Ich kann nur staunen, wie schnell die drei ??? fündig geworden sind. Aber so ist es wohl, wenn man findige Detektive beauftragt. Und ich bin davon überzeugt,

dass sie noch mehr herausfinden werden, nun, da sie den entscheidenden Hinweis entdeckt haben. Was glaubt ihr?
Anderes wird sicher noch lange ungeklärt bleiben. Was könnten zum Beispiel Fabelwesen wie Elfen mit einer Stadt zu tun haben, in der es dem Namen nach offenbar brennt?

»Die – was?«, fragte Justus.
»Man nennt Centralia auch die brennende Stadt«, wiederholte Bob. »Und dafür gibt es einen sehr guten Grund!«
In den nächsten Minuten lasen die drei ??? fasziniert eine höchst außergewöhnliche Geschichte. Demnach war Centralia eine völlig normale Kleinstadt gewesen, mit einigen tausend Einwohnern, mit Schulen, Theatern, Museen, Hotels, Kirchen – mit allem, was dazugehörte.
Bis 1962 im Kohlebergwerk unter der Stadt ein Brand ausgebrochen war. Und dieses Feuer wütete seitdem ununterbrochen!
Es war nicht möglich, die Flammen zu löschen. Die Regierung hatte alles nur Denkbare versucht und mehr als siebzig Millionen Dollar in Löschversuche investiert, es inzwischen jedoch aufgegeben.
Angeblich hatte das Feuer seinen Ursprung auf einer Müllverbrennungsanlage und war von dort aus in die Stollen des Bergwerks vorgedrungen. Die Kohle hatte sich entzündet – und seitdem loderte ein Höllenfeuer, das sich nicht löschen ließ, was immer man auch versucht hatte.
Diese Katastrophe hatte Centralia in eine Geisterstadt ver-

wandelt. »Hört euch das an«, sagte Bob. »Die Kohleindustrie war der größte Arbeitgeber, das Netz der Stollen war rasch gewachsen – bis schließlich der Brand ausbrach. Die Stadt ist fast völlig verlassen, das Leben dort beinahe unmöglich. Nahezu alle Häuser sind eingestürzt oder abgerissen, nur noch wenige Gebäude stehen.«

»*Fast* völlig verlassen?«, fragte Peter. »Wer könnte dort noch immer wohnen?«

Bob klickte auf die nächste Seite des Berichts. »Hier steht, dass sich einige Leute einfach nicht aus ihrer Heimat vertreiben lassen wollen. Das zuständige Wahlbüro gibt an, dass es noch vierzehn Bewohner gibt, die Bezirksregierung spricht von zehn. Vor dem Brand waren es mehr als dreitausend! Diejenigen, die dageblieben sind, schweben in ständiger Gefahr. Wege und Gebäude sacken plötzlich ab, der Asphalt reißt auf, es steigen giftiger Dampf und Qualm in die Höhe. Hier, hört euch das an, das stammt aus einer Reportage: ›Viel mehr als die Bürgersteige und das Gitternetz der Straßen ist nicht mehr vorhanden. Das Feuer hat sich ein wenig von der Stadt weggefressen. Schwefelgestank und Rauch wabern nicht mehr durch das Zentrum, sondern durch die direkte Umgebung. Bisweilen soll sogar ein Bär durch die Stadt streunen.‹«

»Ein Bär?«, fragte Peter. »Klingt nicht besonders freundlich.«

Justus überging die Bemerkung des Zweiten Detektivs. »Fantastisch! Also geht es tatsächlich um Centralia! Nun müssen wir nur noch herausfinden, was das *wahre Zentrum* dieser Stadt ist, von dem Adam Reynolds in der Botschaft spricht. Und wo könnten wir das besser tun als direkt vor Ort?«

Peter seufzte. »Du willst dahin?«
»Selbstverständlich!«
»Langsam«, bat Bob. »Pennsylvania liegt an der Ostküste! Alles andere als ein Katzensprung! Da genügt keine kleine Spritztour am Nachmittag …«
»Ehe wir weiter darüber nachdenken, müssen wir uns ohnehin vergewissern, dass wir uns nicht irren.« Justus ging zum Telefon und zog den Zettel mit Mr Reynolds' Handynummer hervor. Er wählte und schaltete den Lautsprecher an. Es läutete nur zweimal, ehe das bekannte, markige »Ja?« ertönte.
»Ich bin's, Sir, Justus Jonas. Können Sie bitte etwas für uns herausfinden? Wo genau wurde Ihr Bruder damals verhaftet? War es möglicherweise in einer Stadt namens Centralia in Pennsylvania?«
»Wie kommt ihr darauf?«
»Unsere Ermittlungen gehen rasch voran, Sir. Wir verfolgen eine vielversprechende Spur.«
Reynolds lachte. »Wenn man die drei ??? engagiert, muss man wohl mit allem rechnen.«
»Allerdings, Sir.«
»Centralia«, murmelte es am anderen Ende der Leitung. »Der Name kommt mir bekannt vor, als hätte ich … Ach, Moment, Justus, ich muss da mal gerade etwas nachgucken. Ich melde mich gleich wieder bei euch.« Er unterbrach die Verbindung.
»Wenn er zurückruft«, meldete sich Peter zu Wort, der sich gerade einen Cookie aus der Packung nahm, »sollten wir ihn um noch etwas bitten. Wenn jemand mehr über Adam und

seine Geschichte weiß, dann ja wohl seine Witwe. Wie hieß sie doch gleich?«

»Phyllis«, sagte Bob, ohne zu zögern. Als seine beiden Freunde ihn verblüfft ansahen, meinte er: »Mr Reynolds hat ihren Namen einmal genannt. Weil er heutzutage so ungewöhnlich ist, habe ich ihn mir gemerkt.«

Der Erste Detektiv nickte. »Du hast recht. Wir müssen mit ihr reden, auch wenn das sicher nicht ganz einfach wird.«

»Wieso glaubst du das?«

»Das Verhältnis zwischen ihr und Kommissar …«, begann Justus, wurde jedoch vom Klingeln des Telefons unterbrochen. Er hob ab und schaltete gleichzeitig den Lautsprecher an. »Ja?«

»Ihr habt recht!«, ertönte die Stimme von Samuel Reynolds. »Ich besitze Kopien der damaligen Polizeiberichte und habe rasch darin nachgesehen. Die Verhaftung fand tatsächlich in Centralia statt.«

»Dann kennen wir auch den Grund, warum Ihr Bruder das Feuer erwähnt.«

»So?«

Justus erklärte ihm die absonderliche Geschichte dieser Stadt, in der es seit 1962 unablässig brannte. Er hörte, wie Bob nach diesen Worten plötzlich wieder auf der Tastatur des Computers tippte, als sei ihm etwas eingefallen, das er überprüfen musste. »Wir möchten Sie noch um einen Gefallen bitten, Sir.«

»Und das wäre?«

»Wir müssen mit der Witwe Ihres Bruders sprechen.«

»Phyllis …«, meinte der ehemalige Kommissar nachdenklich. »Ich habe sie auf der Beerdigung zuletzt gesehen und da auch nur kurz in der Halle und am Grab. Wir haben kein einziges Wort miteinander gewechselt. Während Adams Zeit im Gefängnis habe ich sie ein paarmal angerufen, aber sie hat immer aufgelegt und sich völlig von mir abgeschottet. Bald habe ich es dann aufgegeben – und wollte mich ehrlich gesagt auch nicht länger darum kümmern. Sie wird heute wohl kaum zugänglicher sein als damals.« Er atmete tief durch. »Vielleicht ist es deshalb besser, wenn ihr es versucht. Wenn sie meinen Namen hört, wird sie sofort abblocken.« Er raschelte in seinen Papieren und nannte eine Telefonnummer. »Unter dieser Nummer war Phyllis zumindest vor zwei Jahren noch erreichbar. Mehr weiß ich auch nicht.«

Kaum hatte Justus das Gespräch beendet, wartete Bob mit der nächsten Überraschung auf. Seine neue Suche im Netz war von Erfolg gekrönt gewesen. »Alles passt perfekt zusammen! Wir haben doch gelesen, dass es seit 1962 in Centralia brennt. Und nun kommt der Hammer! Wisst ihr, seit wann genau?«

»Ich ahne es«, meinte der Erste Detektiv.

Bob ließ sich davon nicht ablenken. »Seit November 1962, dem Monat, als sich auch Adam Reynolds dort aufgehalten hat! Und es soll mich nicht wundern, wenn es exakt in der Nacht geschehen ist, als man ihn verhaftet hat! Vielleicht hat er sogar etwas mit dem Ausbruch des Feuers zu tun.«

»Kollegen«, sagte Peter, »mich interessiert von Minute zu Minute mehr, *was damals wirklich in der Finsternis geschah …«*

»Gut zitiert«, lobte Justus lächelnd. »Mich auch. Und darum

werde ich keine Zeit verlieren.« Er deutete auf die Nummer, die er auf einen Zettel gekritzelt hatte, und wählte sie.
Es läutete.
Ein gutes Zeichen. Immerhin war der Anschluss nicht abgemeldet worden. Schließlich wäre ein Umzug der Witwe nach dem Tod ihres Mannes nicht ungewöhnlich gewesen.
Justus ließ es lange klingeln, achtmal, neunmal. Gerade wollte er auflegen, als sich eine gehetzte Stimme meldete. »Ja?« Es klang nach einer älteren Frau.
»Hier spricht Justus Jonas. Spreche ich mit Mrs Phyllis …« Er zögerte kurz, bis ihm einfiel, dass ihr Nachname natürlich Reynolds lauten musste, zumindest falls sie nicht wieder ihren Geburtsnamen angenommen hatte. »… Reynolds?«
»Wer?«
Der Anführer der drei ??? verzog enttäuscht das Gesicht. Offenbar war sie unter dieser Nummer nicht mehr bekannt.
»Ich meine, wer bist du, junger Mann?«
»Justus Jonas«, wiederholte er erleichtert. Er war sich inzwischen sicher, dass er mit einer älteren Dame sprach – hoffentlich mit Adams Witwe persönlich. »Ich, äh, ich kannte Phyllis' Mann Adam.« Damit dehnte er die Wahrheit zwar sehr weit, aber das erschien ihm einfacher als viele komplizierte Erklärungen.
»Dann weißt du es sicher noch nicht. Es tut mir leid, dir sagen zu müssen, dass Phyllis tot ist. Sie ist vor fünf Tagen gestorben.«
Vor fünf Tagen! Kurz darauf hatte sich der Anwalt bei Mr Reynolds gemeldet. Das konnte kein Zufall sein! »Das bedauere ich sehr«, sagte er zu seiner unbekannten Gesprächs-

partnerin, murmelte noch eine Floskel und beendete das Telefonat. »Nun wissen wir, warum die Botschaft gerade jetzt weitergegeben worden ist! Der Tod von Adams Witwe muss der Auslöser gewesen sein!«

»Aber warum?«, fragte Bob.

»Ich habe nicht die geringste Ahnung! Aber ist das nicht aufregend, Kollegen? Noch mehr Antworten werden wir allerdings nur an einem einzigen Ort finden können.«

»In Centralia.« Peter hörte sich an, als würde ihm die Vorstellung, sich in die brennende Stadt zu begeben, gar nicht behagen.

Für Justus jedoch klang alles nach einem wunderbaren Abenteuer. »Ich bin sicher, dass Mr Reynolds uns unterstützen wird! Kollegen, die drei ??? gehen auf eine weite Reise!«

Geisterschwaden

»Letzter Aufruf für die Passagiere des Fluges …«, hallte es durch das Terminal des Flughafens von Los Angeles.

»Das sind bestimmt wir!«, rief Mr Reynolds so laut, dass die drei ??? die genaue Flugnummer gar nicht hören konnten. Sie waren spät dran – kein Wunder, wenn man bedachte, dass sie am Tag zuvor noch nicht gewusst hatten, dass sie in ein Flugzeug steigen und mehr als viertausend Kilometer quer über die USA fliegen würden.

Zu viert hetzten sie zum nächsten Check-in-Schalter und mussten sich Vorwürfe anhören, dass sie so spät dran waren. Sie beeilten sich und konnten sich kurze Zeit später erleichtert in ihre Sitze sinken lassen. Sie hatten sich kaum angeschnallt, da wurde auch schon die Tür geschlossen und das Flugzeug rollte in Richtung Startbahn.

Genau wie von Justus erwartet, hatte sich Samuel Reynolds für die drei ??? eingesetzt und am späten Abend erst mit Onkel Titus und Tante Mathilda gesprochen, dann mit den Eltern von Peter und Bob. Sie waren zunächst skeptisch gewesen, ob sie ihr Einverständnis zur Reise geben sollten, aber dann hatte Mr Reynolds sie überzeugen können, dass den Jungen in Begleitung eines Expolizisten nicht viel passieren konnte. Mr Reynolds hatte versprochen, alle Kosten zu übernehmen, und im Internet gleich die Flüge gebucht.

Der Anführer der drei ??? schaute aus dem Fenster. Der Flughafen war hell erleuchtet, doch nachdem das Flugzeug abgehoben hatte, herrschte völlige Dunkelheit. Sie waren pünktlich gestartet – um 4.25 Uhr am frühen Morgen. Oder mitten in der Nacht, wie sich Justus ausgedrückt hatte, als er zum ersten Mal die Abflugzeit gehört hatte.

Er war hundemüde. Da half auch Samuel Reynolds' aufmunternder Spruch nichts, dass Schlaf ohnehin Luxus sei. Deshalb nickte Justus schon nach wenigen Minuten ein und verpasste die Flugbegleiterin, die den Passagieren ein Frühstück servierte.

Als er aufwachte, sah er Peter neben sich kauen. Sofort meldete sich sein Magen mit einem grummelnden Hungergefühl.

Einen Platz weiter grinste Bob und aß genüsslich das letzte Stück seines Marmorkuchens. Offenbar schmeckte es sehr gut. »Na, wach, Justus?«, sagte er, dank seines vollen Mundes nicht allzu deutlich. »Du hast so schön geschlafen, da wollten wir dich nicht wecken. Du sahst genauso friedlich aus wie er.« Der dritte Detektiv deutete über den Gang. Mr Reynolds schlief in seinem Sitz, den Mund halb offen stehend. Die Zungenspitze berührte die Unterlippe.

»Aber Kollegen«, meinte Justus, »ihr wisst doch …«

Peter lachte und förderte zwischen sich und Bob das Frühstück zutage, das er für Justus angenommen hatte. Erleichtert griff dieser danach. Kaum aß er, ertönte der dezente Gong aus den Lautsprechern, der eine Durchsage ankündigte.

Der Flugkapitän forderte alle Passagiere auf, Platz zu nehmen und die Anschnallgurte anzulegen, da in Kürze der Landeanflug beginnen sollte. Der Erste Detektiv schaufelte in atemberaubender Geschwindigkeit das Essen in sich hi-

nein, damit er das Tischchen hochklappen konnte, wie es vor der Landung stets verlangt wurde.
Sie erreichten New York eine Viertelstunde vor Plan und quälten sich durch die Menschenmassen im Terminal. Der Zeitunterschied von drei Stunden machte ihnen zusätzlich zu schaffen, sodass sie sich wie zerschlagen fühlten.
Ein alter Freund von Mr Reynolds war so nett gewesen, ihnen sein Auto an den Flughafen zu bringen, damit sie sich keinen Mietwagen nehmen mussten. Ihnen stand, wenn alles glattlief, noch eine Fahrt von über vier Stunden bevor – nach dem gut fünfstündigen Flug eine Strapaze, auf die sie gern verzichtet hätten.
Doch ihre Müdigkeit schwand, je mehr sie sich dem Ziel näherten. Am späten Nachmittag parkten sie den Wagen vor ihrem Hotel im Nachbarort von Centralia. Er lag weit genug von dem dauerhaft brennenden Kohlefeuer entfernt, dass für die Bewohner keine Gefahr bestand.
Sie checkten bei einem ungepflegt aussehenden Mann ein, der ein speckiges Unterhemd trug und käseweiße Oberarme zur Schau stellte. Genauer gesagt, nannten sie ihre Namen und erhielten ihre Schlüssel, während der nicht sehr dienstbeflissene Mann unablässig weitertelefonierte.
Die drei ??? bezogen ein sogenanntes Familienzimmer im Obergeschoss, das sich als kleines Doppelzimmer entpuppte, in das man ein Zustellbett geschoben – oder gequetscht – hatte. Doch sie waren ohnehin nicht gekommen, um sich im Hotelzimmer aufzuhalten, deshalb spielte das keine Rolle. Sie packten etwas Verpflegung und vor allem die Taschenlampen in ihre Rucksäcke.

So verlockend die Aussicht auf ein kurzes Nickerchen auch sein mochte, es drängte die drei ???, endlich Centralia zu sehen. Samuel Reynolds hatte ihnen den Autoschlüssel übergeben, sodass sie sich gleich wieder auf den Weg nach unten machten. Mr Reynolds war in seinem Zimmer geblieben. »Ich glaube, mich braucht ihr nicht unbedingt dabeizuhaben. Sonst fragt ihr euch am Ende noch, wozu ich euch eigentlich engagiert habe«, hatte er gesagt.
Der Hotelangestellte im speckigen Unterhemd grinste die drei ??? an, als sie ihn passierten. Sein Telefonat hatte er inzwischen beendet. »Na, unnerwegs nach Centralia, wa?«, nuschelte er. »Wollts Feuer gucken, wa?«
»So ähnlich«, wich Peter aus.
»Kommen oft sensationslustige Touristen, wa!« Eine hochgestochene Formulierung wie *sensationslustige Touristen* schien so gar nicht zu Mr Speckhemd zu passen, der wirkte, als habe er seinen Verstand heute Vormittag im Badezimmer direkt neben seinen ordentlichen und sauberen Klamotten vergessen. Wahrscheinlich hatte er diese Bezeichnung auswendig gelernt und warf sie jedem Besucher des Hotels an den Kopf.
Justus nickte. »Ist ja auch interessant. Sagen Sie, Mr …«
»Rudesill, Andrew Rudesill. Ich bin auch nicht schuld annem Namen, wa?«
»Also, Mr Rudesill, können Sie uns erklären, wo …«
Wieder ließ der Hotelangestellte ihn nicht aussprechen. »Mr Rudesill, das war mein Vater! Sagt einfach Andy zu mir!«
Justus verlor langsam die Geduld. Es war wohl am besten, seine Frage ganz direkt zu stellen. »Also, Andy – wo liegt das Zentrum von Centralia?«

Die Antwort bestand in einem Lachen. »Zentrum von Centralia! Das klingt lustig, wa? Weiß ich auch nich'. Fragt doch einen von den Spinnern, die wo da noch wohnen.«
Die wo, dachte Justus. Das tat beim bloßen Zuhören weh. »Werde ich tun.« Nur mit Mühe verkniff er sich ein angehängtes »wa?«.
Draußen war es noch warm, obwohl die Sonne schon langsam unterging. Die Fahrt über die Pennsylvania State Route 61 dauerte nicht lang. Das östliche Ende der vierspurigen Straße lief genau in Centralia aus. Außer ihnen war kein Mensch darauf unterwegs.
Direkt vor der Stadtgrenze ragte ein unübersehbares Warnschild in die Höhe. »Lebensgefahr«, las Peter vor. »Feuer unter Tage. Das Betreten der Stadt kann zu schweren Verletzungen oder zum Tod führen. Gefährliche Gase. Der Untergrund kann nachgeben und plötzlich einstürzen.«
Er seufzte. »Klingt nicht besonders aufmunternd, muss ich sagen.«
Sie stellten den Wagen ab, um keine Beschädigung zu riskieren, und gingen stattdessen zu Fuß weiter.
Bald darauf entdeckten sie zu beiden Seiten der Straße die Grundmauern von abgerissenen Häusern. Gestrüpp überwucherte die Überbleibsel der Gebäude. Die Natur eroberte sich das Gebiet tatsächlich schleichend, aber unaufhaltsam zurück, genau wie es die Reportage beschrieben hatte, die sie im Internet gelesen hatten.
»Unheimlich, findet ihr nicht?«, fragte Peter. »Noch vor ein paar Generationen hat hier das Leben pulsiert. Wie wird es erst in fünfzig Jahren aussehen?«

»So wäre es wohl bald überall, wenn es morgen keine Menschen mehr geben würde«, meinte Bob.
Justus schüttelte den Kopf. »Du hast vielleicht verrückte Ideen.«
»Muss man das denn nicht denken, wenn man das hier sieht?«
Die Jungen drangen weiter in die Geisterstadt vor. Unkraut brach durch den zerstörten Asphalt und überwucherte stellenweise die Straßen. Kleine Bäume wuchsen wild in ehemaligen Vorgärten. Totes Gebüsch trieb wie in einem schlechten Westernfilm über den Boden, wenn ein Windstoß kam. Direkt vor den drei ??? klaffte ein breiter Riss in der Straße, der in eine Erdspalte überging. Daraus stieg Rauch in die Höhe und zerkräuselte sich in etwa zwei Metern Höhe. Es stank nach Qualm. Justus musste husten, als er sich zu dicht heranwagte. Er erhaschte nur einen kurzen Blick in die Tiefe.
Nur noch vereinzelt gab es zumindest halbwegs intakte Häuser. Das heisere Kläffen eines Hundes drang zu den Jungen herüber.
Obwohl die Sonne bereits den Horizont berührte und es sich eigentlich merklich abgekühlt haben musste, blieb die Temperatur konstant hoch. Justus bückte sich, legte die Hand auf den Boden. Tatsächlich – der Asphalt war warm, fast heiß. Der Anführer der drei ??? mochte sich gar nicht vorstellen, wie es etliche Meter tiefer aussah … Offenbar verlief dort einer der brennenden oder vor sich hin schwelenden Stollen.
Die Luft sirrte. In einiger Entfernung glaubte Justus etwas

im Luftzug flattern zu sehen. »Gehen wir dorthin!« Er wartete nicht auf die Bestätigung seiner Freunde.
Er schlug den direkten Weg ein, quer durch eine Ruine. Man konnte den Standort der ehemaligen Wände, die als Stolperfallen aus dem Gras ragten, nur noch erahnen.
Mitten im Boden klaffte ein quadratisches Loch – der Einstieg in den Keller, der über ausgetretene Steinstufen sogar noch zugänglich war. Justus wäre fast hineingestürzt. »Vorsicht!«, rief er seinen Freunden zu, woraufhin aus der Tiefe ein Bellen und Knurren drang. Offenbar hatten sich dort wilde Hunde eingenistet.
Rasch zog sich der Anführer der drei ??? zurück und eilte weiter seinem Ziel zu. Bald standen die drei Detektive vor einer hohen Metallstange, an der die amerikanische Flagge hing. Der Stoff wirkte keineswegs so, als würde sie bereits jahrelang hier hängen. Die Stange ragte wenige Meter vor einem der seltenen intakten Gebäude auf, neben dessen verblichener Eingangstür noch ein Schild davon kündete, dass es sich um das Rathaus handelte.
Zwischen Fahnenmast und Rathaus stand ein nackter Springbrunnen, der sicher schon seit Ewigkeiten nicht mehr in Gebrauch war. Das Gestein war schmutzig und rußverschmiert.
»So, Kollegen«, sagte Justus, »damit wären wir wohl im Stadtzentrum angelangt. Ob es das *wahre Zentrum* ist, von dem Adam Reynolds in seiner Botschaft spricht, wird sich noch zeigen müssen.«
»Wahrscheinlich nicht«, vermutete Peter. »Das wäre viel zu naheliegend. Vielleicht sollten wir den geografischen Mittel-

punkt von den Stadtgrenzen her ermitteln. Der muss ja nicht notgedrungen hier im alten Stadtzentrum liegen.«

Zwischen dem Rathaus und dem großen Nachbargebäude, das etliche Meter und einige Ruinen entfernt lag, stieg dunkler Rauch in die Höhe. Er zeichnete sich als schwarze Silhouette vor dem rötlichen Abendhimmel ab.

Es roch wie an einem Herd, auf dem ein Steak anbrannte. Justus erinnerte sich an das Warnschild mit dem Hinweis auf die giftigen Gase und fragte sich erneut, wie die letzten Stadtbewohner es hier noch aushielten und warum sie sich weigerten, Centralia zu verlassen. Zweifellos waren sie es, die die amerikanische Flagge, die über ihnen im Wind flatterte, als Zeichen ihrer Heimatverbundenheit hegten und pflegten.

Rund um das Rathaus gab es noch einige halbwegs erhaltene Gebäude. Aber die Fassaden waren heruntergekommen, alles war mit einer dünnen, schwarzen Schicht überzogen. In einem flachen, eingeschossigen Haus wurde soeben hinter einem Fenster Licht gemacht.

»Kollegen«, meinte Justus, »damit wissen wir, welches dieser Domizile bewohnt ist. Sollen wir …«

»Später«, unterbrach Bob. »Vielleicht spricht uns ja auch jemand an. Obwohl der Typ im Hotel behauptet hat, es gebe eine Menge Sensationstouristen, scheinen wir momentan die einzigen zu sein. Wir müssen doch auffallen wie bunte Hunde.«

Der Zweite Detektiv nickte hastig. »Kein Wunder, dass sonst niemand hier ist! In der Dunkelheit durch eine unter der Erde brennende Geisterstadt zu spazieren, wenn einem jeden Augenblick der Boden unter den Füßen wegbrechen kann, finde ich nicht so lustig! Oder die Vorstellung, dass hier gleich eine Flamme aus der Erde schießt …«

»Immer mit der Ruhe«, verlangte Justus. »Schließlich stecken wir nicht mitten in einem Hollywood-Film, wo es auf die Effekte ankommt. Es wird schon nichts passieren.«

»Ich frage mich, woher du diese Zuversicht nimmst.«

Der Erste Detektiv machte eine umfassende Handbewegung. »Also, schauen wir uns um: Adam Reynolds hat seinen Bruder mit einem Rätselspruch hierhergelockt. Warum, wissen wir nicht. Auch große Teile des Rätsels verstehen wir noch nicht. Wir müssen das wahre Zentrum dieser Stadt finden, das ist der nächste Schritt. Aber was wartet dort auf uns?«

»Die Beute des damaligen Bankraubs?«, meinte Bob. »Immerhin wurde sie nie gefunden.«

»Wie auch Adams Komplize nicht«, gab Peter zu bedenken. »Und der wird kaum all die Jahre nur Däumchen gedreht haben! Nein, der hat das Geld an sich gebracht und verprasst, wenn ihr mich fragt!«

»Während Adam Reynolds hinter Gittern saß?« Justus knetete seine Unterlippe. »In dem Fall hätte der Gefangene nichts von der Beute gehabt und bestimmt erfahren, dass es sich sein Komplize gut gehen ließ. Und dennoch hat er ihn nicht verraten? Hier passt einiges nicht zusammen!«

»Der Kumpan wusste nicht, wo Adam das Geld versteckt hat!«, schlug Bob vor. »Klingt logisch, oder? Vielleicht … ja, vielleicht ist es ja der grobschlächtige Kerl, der Mr Reynolds überfallen hat! Weil er glaubt, über den Brief die Beute ausfindig machen zu können.«

Justus schüttelte den Kopf. »Das kommt nicht hin! Du vergisst, wie lange das alles her ist! Überleg doch mal, wie alt der Kerl jetzt sein müsste. Das passt nicht. Und wer ist die Diebin?«
Peter seufzte. »Fragen über Fragen. Aber keine Antworten.«
»Noch nicht! Wir stehen ja auch gerade erst am Anfang unserer Ermittlungen. Aber Spekulation ist müßig.« Der Anführer der drei ??? drehte sich entschlossen zu dem einstöckigen Flachbau um, in dem vorhin das Licht angegangen war. »Haltlose Vermutungen führen allzu leicht zu falschen Schlussfolgerungen.«
»Äh, Just«, zischte Bob.
»Ist ja schon gut, ich bin still.«
»Darum geht's nicht.« Bob packte Justus am Arm und zog ihn mit sich, in Richtung Rathaus. »Dahinten … in den Rauchschwaden … da ist jemand!«
Peter folgte den beiden. Sie verstanden sich auch ohne weitere Worte – es war besser, erst einmal unterzutauchen und sich zu verstecken. Denn der Fremde, der dort durch den Qualm schlich, sah verdächtig nach dem grobschlächtigen Kerl aus, der erst Mr Reynolds überfallen und dann auf dem Schrottplatz für Aufregung gesorgt hatte. Jedenfalls passte der massige Umriss zu ihm.
Die drei ??? gingen in einer etwa zwei Meter breiten und einen Meter tiefen Nische des Rathauses in Deckung. Ein alter, wenig vertrauenserweckender Holzbalken stützte die Decke über ihnen. So konnte der andere sie nicht sehen, zumal vor ihrem behelfsmäßigen Versteck der immerhin hüfthohe Springbrunnen stand, in dessen Mitte eine breite

Säule aufragte und für Sichtschutz sorgte. Dahinter wiederum ragte die Fahnenstange mit der amerikanischen Flagge auf.

»Vielleicht sind wir übervorsichtig«, flüsterte Bob. »Das könnte auch ein ganz harmloser Bewohner der Stadt sein.«

Peter schüttelte heftig den Kopf. »Er ist es!«

»Spürst du das in deinem arthritischen Knie?«

»Mir ist gar nicht zum Lachen zumute, Kollege! Sieh ihn dir doch an … er kommt näher … ein richtiger Hüne! Ich hab ihn auf dem Schrottplatz verfolgt und ich sage dir: Er ist es!«

Sie duckten sich noch tiefer, kauerten sich auf den Boden und konnten nur hoffen, noch nicht entdeckt worden zu sein. Wenn Peters Vermutung stimmte, hatten ihre Widersacher den Hinweis auf Centralia ebenfalls richtig gedeutet. Möglicherweise war auch die Diebin ganz in der Nähe.

Der grobschlächtige Kerl trat aus den Rauchschwaden und nun stand endgültig fest, dass es tatsächlich ihr Gegner war, der immer näher kam.

Das Rätsel der Diebin

Den drei ??? brach in ihrem Versteck der Schweiß aus. Plötzlich kam ihnen ihre Deckung mehr als notdürftig vor.
»Wenn er uns angreift«, flüsterte Peter, »muss er an einer Seite des Brunnes vorbei. Wir nehmen die andere und dann ab durch die Mitte!«
»Vielleicht hat er uns gar nicht entdeckt«, wisperte Justus.
Der massige Kerl ging zum Fahnenmast, schaute daran in die Höhe und grinste. Nun konnten die drei Detektive sein Gesicht deutlich sehen. Blaue Augen, Hamsterbacken und ein vorstehendes Kinn. Sein Haar war raspelkurz geschnitten, an den Schläfen fast kahl rasiert. Es ging nahtlos in einen Dreitagebart über. Trotz seiner Statur wirkte er alles andere als dick, sondern muskulös und durchtrainiert – dass er über eine gewisse Fitness verfügen musste, hatte er auf dem Schrottplatz bewiesen.
Der Fremde drehte sich plötzlich um und schritt auf das bewohnte Haus zu. Offenbar verfolgte er genau dieselben Absichten wie zuvor die drei ???, nur dass er sie jetzt zuerst in die Tat umsetzen konnte.
Justus fluchte leise vor sich hin.
»Bist du etwa traurig darüber, dass er uns nicht bemerkt hat?«, fragte Peter.
»Wir haben zu lange gezögert! Jetzt wird er noch vor uns mit dem Stadtbewohner sprechen!«
Doch noch ehe ihr Gegner die Haustür erreichte, wandte er sich ab, ging geduckt am Haus entlang bis zum erleuchteten

Fenster und linste hindurch. Ein Ruck ging durch seine Gestalt, er bückte sich noch tiefer und huschte wieder zur Seite. Die drei ??? fragten sich, was er plante. Wollte er etwa auch in dieses Haus einbrechen, wie ins Anwesen der Familie Jonas? Aber warum?

Ihr Gegner rannte geduckt über den Platz vor dem Rathaus, aber zum Glück in die andere Richtung. Da die Sonne fast hinter dem Horizont versunken war, erhellte nur noch ein dumpfes Zwielicht die Szenerie.

Der Fremde sprang über einen Mauerrest in eine Ruine und ging im Schutz von trockenem Gebüsch in Deckung – ein besseres Versteck, als die drei ??? in der Eile gewählt hatten.

Die Haustür öffnete sich und zwei Gestalten traten ins Freie. Justus blieb vor Staunen der Mund offen stehen. Bei dem Mann handelte es sich wohl um den Bewohner des Hauses – und neben ihm stand die Diebin, die ihnen Adam Reynolds' Botschaft gestohlen hatte!

»Kollegen«, flüsterte der Erste Detektiv. »Was geht hier vor?«

Der Grobschlächtige blieb weiterhin in Deckung. Offenbar hatte er durch das Fenster gesehen, dass die Diebin mit dem Stadtbewohner sprach, und sich deshalb versteckt. Aber weshalb? Arbeitete er denn nicht mit der Unbekannten zusammen?

»Wieso verbirgt er sich vor ihr?«, fragte Justus leise.

»Nicht vor ihr«, vermutete Peter. »Sondern vor dem Mann, der …«

»Falsch, Kollege! Wenn er mit der Diebin zusammenarbeiten würde, hätte er nicht heimlich ins Haus sehen müssen. Dann wäre ihm schon vorher klar gewesen, dass sie mit dem …«

»Still!«, zischte Bob. »Sie kommen näher und dürfen uns nicht hören!« Er zog sein Handy, schaltete es auf Kameramodus. »Warum fällt mir das jetzt erst ein«, fluchte er leise vor sich hin. »Ich hätte von dem Kerl Bilder schießen können!«

Die Diebin ging an der Seite des Stadtbewohners zum Fahnenmast. Sie stellten sich mit dem Rücken zum Brunnen und damit auch zu den drei ???, die sich in weniger als fünf Metern Entfernung in der Nische zusammenkauerten und keine Bewegung wagten.

Der Mann bildete das glatte Gegenteil ihres grobschlächtigen Gegners: Er war dünn und schmächtig, als könnte ihn der nächste Windstoß umreißen. Da er aber wahrscheinlich seit Jahren in Centralia wohnte und der Umgebung trotzte, musste er zäher sein, als sein Äußeres vermuten ließ. Er mochte etwa fünfzig oder sechzig Jahre alt sein – die drei Detektive konnten es schlecht einschätzen.

Er löste ein straff gespanntes Seil und holte dann die Flagge ein. »Das mache ich jeden Abend«, erklärte er der Diebin. »Und morgens hisse ich sie wieder. Ein Ritual, das mir zeigt, dass Centralia noch immer ein Teil der USA ist, auch wenn die Regierung das vielleicht anders sieht und denkt, das alles sei nur noch Ödland!«

»Ich verstehe«, erwiderte seine Begleiterin. »Diese Stadt ist Ihre Heimat, richtig?« Ihre Stimme klang erstaunlich sanft und sympathisch.

Mal wieder ein Beweis dafür, dachte Justus, dass man einem Menschen nicht gleich ansehen konnte, ob er ein Verbrecher war. Bob versuchte indes, mit dem Handy unauffällig ein

Bild der Diebin zu schießen, doch das wollte ihm nicht richtig gelingen, weil er gleichzeitig in Deckung bleiben musste. Der Stadtbewohner hakte die Flagge aus, faltete sie zu einem Dreieck zusammen und klemmte sie sich unter den Arm. »So ist es, Mrs Dearing! Und so wird es auch in Zukunft sein!«

Mrs Dearing – nun kennen die drei ??? immerhin den Namen der Diebin. Aber noch kann keiner etwas damit anfangen. Wer ist diese Frau und welche Rolle spielt sie?
Die drei ??? zerbrechen sich die Köpfe, sind aber sicher, diesen Namen noch nie gehört zu haben. Zweifellos ist sie nicht so unschuldig und charmant, wie sie tut. Für den gewieften Detektiv stellen sich einige Fragen, nicht zuletzt die, in welcher Beziehung sie zu dem grobschlächtigen Schläger steht. Offenbar arbeiten die beiden doch nicht zusammen, auch wenn es zunächst anders aussah.
Justus, Peter und Bob müssen sämtliche Fakten in diesem Fall wohl einer erneuten Überprüfung unterziehen. Ich bin sicher, es wird ganz Erstaunliches zutage kommen.

»Noch einmal zu meiner Frage«, bat die Frau. »Können Sie mir mehr über das *wahre Zentrum* dieser Stadt sagen?«
»Ich werde Ihnen mitteilen, was ich vermute. Aber nur, wenn Sie mitkommen. Irgendwo dort draußen ist noch mein Hund unterwegs.« Er marschierte auf sein Haus zu. Für ei-

nen Moment blieb Mrs Dearing unschlüssig stehen, blickte sich um – und Bob drückte auf den Auslöser seiner Handykamera.
Die Diebin bemerkte es nicht und folgte ihrem Begleiter. »Der Hund kommt eigentlich immer zum Haus zurück, wenn es dunkel wird«, sagte dieser und ging an seinem Haus vorbei, »aber manchmal muss ich ihn suchen, wenn er …«
Mehr konnten die drei ??? nicht verstehen, weil sich die beiden zu weit entfernt hatten. Genau wie ihr Gegner am gegenüberliegenden Ende des freien Platzes verharrten sie in ihrem Versteck, während die Diebin und der Stadtbewohner im Zwielicht verschwanden. Sie hörten noch, wie er laut nach seinem Hund rief und pfiff.
»Verflixt!«, sagte Justus. »Diese Mrs Dearing ist uns einen Schritt voraus bei der Suche nach dem wahren Zentrum! Dieser dürre Kerl scheint etwas zu wissen.«
»Oder zumindest zu vermuten«, schränkte Peter ein. »So hat er sich jedenfalls ausgedrückt.«
Bob präsentierte ihnen das Foto, das er geschossen hatte. »Perfekt getroffen! Es ist zwar ein bisschen zu dunkel, aber man kann sie klar erkennen.«
»Was hast du damit vor?«, fragte der Zweite Detektiv.
»Na, es Kommissar Reynolds zu zeigen! Immerhin geht es um seinen Bruder. Vielleicht hat er diese Frau schon einmal gesehen. Wenn ich auch nicht daran glaube, aber wir müssen es versuchen. Außerdem kennen wir ja inzwischen ihren Namen. Falls sie keinen falschen genannt hat, was ich fast vermute.«
»Alles ist noch verwirrender geworden«, meinte Justus. »Der

grobschlächtige Kerl scheint doch nicht mit Mrs Dearing zusammenzuarbeiten. Warum versteckt er sich vor ihr? Wer sind die beiden?«

Diese Fragen konnte natürlich keiner seiner Freunde beantworten. Stattdessen beobachteten die drei ???, wie ihr Gegner aus seinem Versteck auftauchte und in der Dunkelheit verschwand.

Zweifellos würden sie ihn bald wiedersehen.

Inzwischen konnte man nur noch wenige Meter weit sehen. Selbst in der Nähe war alles nur noch schemenhaft zu erkennen. Allein das Licht aus dem Inneren des offenbar einzigen bewohnten Hauses in der Umgebung fiel in die Dunkelheit. Die anderen verbliebenen Bewohner der Stadt mussten wohl in den Randbereichen leben.

Weil keine Gefahr mehr bestand, entdeckt zu werden, entspannten sich die drei ??? in ihrem Versteck und besprachen ihr weiteres Vorgehen.

Sie kamen überein, sich zu trennen. Peter bot an, Centralia zu verlassen und mit Bobs Foto zu Mr Reynolds zu fahren, um ihm die Aufnahme der Diebin zu zeigen. »Ich hab ja sein Handy gesehen. Wenn er nicht so ein vorsintflutliches Teil hätte, könnte ich's ihm einfach schicken!«, schimpfte Peter. Justus und Bob wollten in der Stadt bleiben und versuchen, mit einem der anderen Stadtbewohner zu sprechen.

Sie hofften, über Handy in Verbindung bleiben zu können. Peter wollte so bald wie möglich wieder zu seinen Freunden stoßen.

Sie verließen ihr Versteck.

Als sie am Rathaus vorbeigekommen waren, blieben sie ei-

nen Moment lang wie angewurzelt stehen. Dem Anblick, der sich ihnen bot, wohnte eine bizarre Schönheit inne: Zwischen den Häusern waberte auf einer verdorrten Wiese ein rotes Licht, wie das Glühen von Kohle. Geisterhaft trieben Rauchschwaden darüber und verschwanden im inzwischen völlig schwarzen Nachthimmel. Ein kleines Tier huschte vorbei, wohl ein Hase. Er schlug einen Haken und verschwand in der Finsternis.
»Ich bin froh, wenn ich diese Geisterstadt verlassen kann«, sagte Peter. »Euch wünsche ich viel Glück …«

Peter schaute sich ein dutzend Mal um, während er dem Stadtrand entgegenjoggte, wo sie den Wagen geparkt hatten. Dabei achtete er genau auf den Weg vor ihm, den er selbst im Licht seiner Taschenlampe kaum erkannte.
Mehr als einmal musste er ein Erdloch umgehen, das vor ihm gähnte, weil die Erde abgesackt war. Irgendwo kreischte ein Vogel über ihm – ein unheimlicher Laut. Sein Herz schlug schneller, nicht nur wegen der körperlichen Anstrengung. Ständig erwartete er, dass ihr grobschlächtiger Gegner aus der Dunkelheit springen und sich auf ihn stürzen würde. Er erreichte jedoch unbehelligt den Wagen, stieg ein und verriegelte als Erstes von innen sämtliche Türen. Dann startete er das Auto, wendete und verließ rasch das Stadtgebiet von Centralia.
Kaum fühlte er sich sicher, wanderten seine Gedanken zu seinen Freunden. Wie es ihnen wohl inzwischen ergehen mochte? Hoffentlich hatten sie Erfolg und fanden mehr über das *wahre Zentrum* heraus. Und hoffentlich konnten sie die-

ser Mrs Dearing aus dem Weg gehen und ihrem Komplizen – der offenbar doch nicht ihr Komplize war.

Es dauerte nur wenige Minuten, bis Peter das Hotel erreichte. Er sah auf die Uhr; es war kurz vor zehn.

Er betrat die Lobby und achtete gar nicht auf Mr Speckhemd, der immer noch hinter der Rezeption lungerte und in einer Zeitschrift las. Stattdessen eilte Bob die Treppe nach oben und klopfte an die Tür des Zimmers ihres Klienten.

»Moment!«, ertönte Samuel Reynolds' markante Stimme, dann wurde die Tür geöffnet. »Peter«, sagte er erfreut. »Ich dachte schon, es wäre wieder dieser Kerl vom Hotel.«

Der Zweite Detektiv grinste. »Hat er Sie gestört?«

»Er hat dreimal unter einem blöden Vorwand bei mir geklopft! Aber komm erst mal rein!«

Dieser Aufforderung folgte Peter nur zu gern. »Wir haben einiges herausgefunden«, fiel er gleich mit der Tür ins Haus. Er gab eine rasche Zusammenfassung der Ereignisse. »Der Name der Diebin sagt Ihnen nichts?«

»Dearing«, murmelte Samuel Reynolds leise. »Nein, nie gehört.« Peter rief das Foto auf dem Handydisplay auf, das Bob von ihr geschossen hatte. Reynolds nahm das Mobiltelefon und studierte die Aufnahme lange. »Tut mir leid, ich habe sie noch nie gesehen. Oder ...« Er brach ab.

Peter stand da wie auf glühenden Kohlen. Ein makabrer Vergleich, dachte er, hatte er sich doch eben noch in der brennenden Stadt Centralia aufgehalten.

Sein Gegenüber murmelte etwas vor sich hin, von dem der Zweite Detektiv nur Bruchteile verstand. »Da ist zweifellos eine gewisse Ähnlichkeit«, sagte er schließlich.

»Ähnlichkeit?«

»Mit meinem Bruder.« Die Hände des ehemaligen Kommissars zitterten ein wenig, als er Peter das Handy zurückgab. »Und mit Phyllis, soweit ich mich an sie erinnern kann. Zeitlich könnte das durchaus passen.« Er ging zwei Schritte und ließ sich auf den einzigen Stuhl im Zimmer fallen, der unter seinem Gewicht ächzte. Reynolds' Schultern hingen tief herab, als würde eine schwere Last darauf drücken.

»Zeitlich könnte das passen? Was meinen Sie damit?« Als Peter diese Frage stellte, verstand er plötzlich. Adam Reynolds war 1977 aus dem Gefängnis freigekommen und zu seiner Frau zurückgekehrt. Es konnte also gut sein, dass …

»Ich hatte kaum Kontakt mit Adam«, riss der ehemalige Kommissar ihn aus seinen Gedanken. »Und ich glaube, ich habe Mrs Dearing doch schon einmal gesehen. Auf der Beerdigung meines Bruders. Kaum jemand war dort, nur eine Handvoll Leute. Auch diese Frau, mit der ich aber kein einziges Wort gewechselt habe.«

»Mrs Dearing?«

Reynolds nickte. »Adam ist nach seiner Zeit im Gefängnis wieder zu seiner Frau zurückgegangen. Wenn er danach ein Kind bekommen hätte, von dem ich niemals etwas gehört habe, müsste es heute erwachsen sein.«

»Wie Mrs Dearing«, sagte Peter fassungslos.

»So muss es sein.« Samuel Reynolds' Stimme klang tonlos. »Die geheimnisvolle Diebin ist die Tochter meines verstorbenen Bruders Adam. Meine eigene Nichte …«

Der Stadtforscher

Justus verschränkte missmutig die Arme vor der Brust. »Wieder nichts. Dabei war ich so sicher, dass dieses Haus hier bewohnt ist.«
»Diese Schrottbude, meinst du wohl«, verbesserte Bob. Sie standen vor dem Eingang eines Hauses, das ihnen aufgefallen war, weil es nicht bis auf die Grundmauern abgerissen worden war. Auf ihr Klopfen reagierte niemand. »Außerdem brennt sowieso kein Licht. Hier wohnt keiner, Just.«
Mittlerweile herrschte Dunkelheit zwischen den Büschen und Ruinen. Die beiden Jungen gingen vorsichtig weiter. Nicht weit vor ihnen glomm eine geisterhafte Helligkeit über – nein, im Boden. Der Asphalt schien zu glühen. Bob fühlte sich an ein Kohlefeuer erinnert, das die ideale Temperatur fürs Grillen erreicht hatte.
Kurz darauf starrten die beiden in ein abgesacktes Loch mitten in der verlassenen Straße. Rauch stieg in die Höhe, aus der Tiefe leuchtete es orangerot. Justus streckte die Hände aus und rieb sie. »Heiß.«
»Was dachtest du denn? Da unten brennt's! Ich komme mir vor, als würde ich über dem Eingang zur Hölle stehen.«
»Also wirklich, Kollege! Wenn Peter so etwas sagt, okay … aber du?«
»Das alles ist mir nicht geheuer. Dir etwa?«
Justus knetete seine Unterlippe. »Ganz und gar nicht. Aber mit dem Einstieg in eine mythische Verdammniszone für die verlorenen Seelen hat das bestimmt nichts zu tun.«

Bob verdrehte die Augen. »Mythische Verdammniszone für die verlorenen Seelen? Just, das ist sogar für dich ziemlich schräg formuliert und …« Er unterbrach sich. »Hörst du das?«
»Was?«
Sie lauschten in die Dunkelheit. »Ich habe mich wohl getäuscht«, meinte Bob schließlich. »Ich hab gedacht, ich höre jemanden.«
»Schalten wir vorsichtshalber unsere Taschenlampen aus. Irgendwo müssen ja auch noch diese Mrs Dearing und der grobschlächtige Kerl herumstreifen. Die sollten wir nicht gerade mit Gewalt auf uns aufmerksam machen.«
»Halt, Just! Das waren wirklich Schritte! Los, weg hier!«
Die beiden rannten geduckt von der eingebrochenen Straße weg. In der Dunkelheit gelang es ihnen leicht, sich zu verbergen. Bob starrte in die verwehenden Rauchschwaden, nur erhellt durch das düsterrote Glühen aus der Tiefe. Es sah aus wie blutiger Nebel. Der dritte Detektiv zuckte zusammen, als ein unheimlicher Laut in der Finsternis widerhallte.
»Bleib ruhig, Bob! Das ist nur ein bellender Hund.«
Das Tier sprang durch den blutroten Dunst, gefolgt von seinem Herrchen – dem etwa fünfzig- oder sechzigjährigen Stadtbewohner, den sie zuvor mit Mrs Dearing beobachtet hatten. Das Glimmen warf rötliche Schatten auf sein Gesicht und tanzte auf dem weißen Kinnbärtchen, das den beiden Jungen vorher gar nicht aufgefallen war.
»Offenbar hat er sein Tier gefunden«, flüsterte Justus. »Und unserer Diebin hat er wohl gezeigt, was sie sehen wollte. Jedenfalls ist sie nicht mehr dabei.«

»Und jetzt?«
Justus hob demonstrativ seine Taschenlampe. »Na was wohl … wir sagen ihm Guten Tag.«

Der Erste Detektiv scheint sich für ein forsches Vorgehen entschieden zu haben. Ob er sich das auch gut überlegt hat? Sonst verhält sich Justus meistens streng logisch und wägt alle seine Entscheidungen genau ab. Hat er das auch diesmal getan?
Natürlich mag dieser Bewohner der brennenden Stadt Centralia ein überaus wertvoller Informationsgeber sein. Aber die nach wie vor geheimnisvolle Diebin könnte ihn auch »geimpft« haben, sodass er allen weiteren Kontaktversuchen kritisch gegenübersteht. Wird er den drei ??? wohl die Wahrheit sagen – oder sie in die Irre führen?
Nun, Justus wird schon wissen, was er tut. Oder? Bob jedenfalls scheint nicht sonderlich begeistert zu sein.

»Ihm Guten Tag sagen?«, fragte der dritte Detektiv. »Das kann doch nicht dein Ernst sein!«
Der Anführer der drei ??? grinste. »Okay, dann eben Guten Abend.« Er schaltete die Lampe ein. Der Lichtkegel schnitt durch die Dunkelheit. »Entschuldigen Sie!«
Bob blieb keine andere Wahl, als sich seinem Kollegen anzuschließen.
Der dürre Mann drehte sich um. »Was ist denn heute nur los?« Es klang fast wie ein Knurren, was perfekt dazu passte, dass ihnen der Hund mit weiten Sprüngen entgegenjagte.

Bob rutschte einen Augenblick lang das Herz in die Hose, doch das Tier erwies sich als ziemlich klein und überaus freundlich. Es legte den Kopf schief und hechelte fröhlich. Wuscheliges schwarzes Fell verlieh ihm das Aussehen eines Wollknäuels, aus dem eine lange, rosa Zunge baumelte.
»Entschuldigen Sie, Sir«, wiederholte Justus, der in aller Seelenruhe mit der Taschenlampe in der Hand auf den Fremden zuspazierte. »Vielleicht können Sie uns helfen?«
»Kommt drauf an.« Nun klang der Tonfall etwas freundlicher. »Was führt euch beide denn hierher? Es ist gefährlich in Centralia, ihr solltet nicht einfach hier herumlaufen, Kinder.«
Bob räusperte sich. »Wir sind keine …«
»… keine Kinder? Mag sein. Aber ihr wisst offenbar nicht, dass man hier nachts nicht herumspazieren sollte. Es gibt überall Einbrüche im Boden und nicht alle sieht man so gut wie den dort.« Er deutete über die Schulter auf das düsterrote Glühen.
»Wir danken Ihnen für den Hinweis, Sir«, meinte Justus diplomatisch. Der Hund schnupperte an seinem Bein. »Da Sie sich offenbar hier in Centralia gut auskennen … wären Sie so freundlich, uns eine Frage zu beantworten?«
»Das will ich meinen, dass ich hier Bescheid weiß. Ich wohne schon mein ganzes Leben lang hier.« Der dürre Mann gab einen verächtlichen Laut von sich. »Übrigens unter anderem deshalb, weil ich hier meine Ruhe habe. Dachte ich zumindest. Heute geht's hier zu wie in einem Taubenschlag.«
»So?«, fragte Justus unschuldig.
Ihr Gegenüber winkte ab, was den Hund dazu brachte, sich

auf den Hinterbeinen in die Höhe zu recken und mit der Schnauze die Hand seines Herrchens anzustoßen. »Lass gut sein, Siggi.«

»Schöner Name für einen Hund«, lobte Bob.

»Mit vollem Namen heißt er Mr Siggi oder auch Sigmund Freud.«

»So wie der berühmte Psychoanalytiker aus Österreich?«

Nun kam Bob nicht umhin zu denken, dass es sich eher um einen seltsamen Namen für einen Hund handelte. Aber das behielt er für sich.

»Was dagegen?«

Der Erste Detektiv warf seinem Freund einen tadelnden Blick zu. »Sicher nicht. Entschuldigen Sie, Mr …«

»Bennett«, stellte sich der Dürre vor. »Logan Bennett.«

»Mein Name ist Justus Jonas, das ist mein Kollege Bob Andrews.«

»Kollege?«

»Wir sind Detektive.« Justus reichte Logan Bennett eine ihrer Visitenkarten.

»Und was treibt euch nach Centralia? Wollt ihr herausfinden, wie das Feuer ausgebrochen ist? Ich habe da meine eigene Theorie. Ich glaube nicht an den Firlefanz, dass es aus Fahrlässigkeit in der Müllhalde zu brennen anfing und sich von dort aus verbreitet hat.«

»Sie scheinen wirklich gut Bescheid zu wissen.«

»Muss ich ja.« Bennett zupfte an seinem kleinen Kinn-Ziegenbärtchen. »Als Stadtforscher.«

Justus pfiff leise durch die Zähne. Offenbar hatten sie sich genau an den Richtigen gewandt. Seine Begeisterung wurde

allerdings gedämpft, als er daran dachte, dass auch die geheimnisvolle Diebin mit Bennett gesprochen hatte. Ihre Gegnerin war ihnen einen Schritt voraus.
»Lasst mich raten«, fuhr ihr Gegenüber fort. »Ihr fragt mich jetzt nach dem wahren Zentrum dieser Stadt.«
»Bitte lassen Sie mich ebenfalls raten«, bat Bob. »Das wissen Sie, weil sich eine Frau namens Mrs Dearing heute schon einmal danach erkundigt hat.«
Bennett schnippte mit Daumen und Mittelfinger beider Hände und wies dann mit seinen Zeigefingern auf sie. »Offenbar versteht ihr euer Detektivhandwerk. Kommt mit.«
»Wohin?«
»Lasst euch überraschen.«

Der dürre Stadtbewohner führte sie zu seinem Haus, das sie schon von außen kannten. Mr Bennett öffnete die Tür und entzündete eine altertümlich wirkende Öllampe. Im Inneren stank es nach altem Qualm wie in der Wohnung eines starken Rauchers. Nur dass es nirgends Aschenbecher oder Zigaretten zu sehen gab. War das der konzentrierte Geruch der brennenden Stadt?, fragte sich der Erste Detektiv. Wahrscheinlich hatte Mr Bennett das Lüften aufgegeben und nahm den Gestank in seinem Haus schon gar nicht mehr wahr.
Der Hund – Sigmund Freud – verzog sich in eine Ecke auf eine zerfranste Decke, die er sich mit den Vorderpfoten so zurechtschob, dass eine Art Kopfkissen entstand. Bennett ließ sich an einen alten Holztisch nieder und bedeutete seinen Gästen, ihm gegenüber Platz zu nehmen.

Als Justus sich setzte, knarrte es bedrohlich, als würde der wackelige Stuhl jeden Augenblick zusammenbrechen. Dunkle Flecken und tiefe Kerben verunzierten die Tischplatte. Ganze Stapel Papier lagen am Rand, mit Büchern beschwert.

»Also, ich werde euch dasselbe sagen wie Mrs Dearing«, kündigte der Stadtforscher an. »Aber ich fürchte, es wird euch nicht gefallen.«

»Warten wir es ab.«

»Ich habe Amanda ins alte Stadtzentrum geführt.«

»Amanda?«

»Mrs Dearing. Dort hat früher der alte Saloon gestanden, mit dem hier alles angefangen hat, die Bull's Head Tavern.«

»Aber der eigentliche Stadtgründer hieß Rea, nicht wahr?«, fragte Bob, um zu demonstrieren, dass sie sich auf ihren Besuch vorbereitet hatten. »Alexander W. Rea.«

»Gut, mein Bursche!« Bennett klang hörbar beeindruckt. »Er ist 1854 hierhergekommen, hat Straßen und Grundstücke abgesteckt und so die Entwicklung des Ortes überhaupt erst möglich gemacht. Rundum haben sich dann schnell weitere Menschen angesiedelt. Später vor allem Arbeiter in der Kohleindustrie, die in den Stollen arbeiteten. Unter Tage, wie man das nennt. In seinen besten Zeiten hatte Centralia dreitausend Einwohner! Dreitausend! Wegen des Brandes sind wir gerade noch eine Handvoll.«

»Und Sie glauben, das wahre Zentrum liegt dort, wo sich der Saloon befand?«

»Eine Vermutung«, murmelte Mr Bennett. Sein Ziegenbärtchen verschluckte weiteres Gemurmel, ehe er wieder klar

und deutlich sprach. »Ich schreibe die Geschichte der Stadt. Das Buch ist fast fertig und ich hoffe, dass es Aufmerksamkeit erregen wird, wisst ihr? Wegen des Brandes ist Centralia ja nicht irgendein Ort wie tausend andere.«
An dieser Stelle hakte Justus ein, weil er das Gefühl nicht loswurde, dass sie sich früher oder später mit dem nun schon so lange lodernden Feuer beschäftigen mussten. So einfach wie in diesen Momenten würden sie wohl nie wieder an Informationen gelangen. Das wollte er ausnutzen. »Sie sagten, Sie glauben nicht an einen zufälligen Brand?«
»Natürlich nicht!« Logan Bennett griff zielsicher nach einem der Bücher, schob es weg und schnappte sich einige Blätter, die darunter lagen. Damit wedelte er so schnell und heftig, dass die beiden Detektive nur erkennen konnten, dass die Seiten von Hand dicht beschrieben worden waren. »Das ist der typische Unsinn, den unsere Regierung bei solchen Gelegenheiten immer von sich gibt. Es ist jedes Mal dasselbe. Oder haltet ihr es für Zufall, dass alle Bewohner ganz gezielt vertrieben wurden?«
Das interpretierte Justus tatsächlich nicht als Zufall, sondern als gesunden Menschenverstand. Er wäre auch nicht freiwillig in der brennenden Stadt geblieben. Das behielt er aber lieber für sich.
»Sie glauben an eine Art … Verschwörung?«, fragte Bob.
Bennett nickte hastig. »Aber eigentlich wolltet ihr ja etwas über das Zentrum wissen.«
»Das Zentrum der Zentrumsstadt, ja«, meinte der Erste Detektiv.
»Eine interessante Formulierung«, erwiderte der Stadtfor-

scher. »Amanda hat es genauso ausgedrückt. Ich habe sie zum alten Standort des Saloons geführt. Sie hat sich alles genau angeschaut, sah aber nicht sonderlich zufrieden aus. Was hat sie dort gesucht?« Die Frage kam plötzlich und klang lauernd.

»Keine Ahnung, Sir«, sagte Bob im Brustton der Überzeugung. Nur eines stand fest: Amanda Dearing suchte zweifellos genau dasselbe wie die drei ???. »Woher sollen wir das wissen?«

»Na, ihr seid doch hinter genau derselben Sache her! Aber ich glaube nicht, dass es da irgendein Geheimnis gibt. Ich kenne meine Stadt besser als jeder andere.«

Justus nickte. »Ehrlich gesagt, sind wir uns selbst nicht darüber im Klaren, was wir im Stadtzentrum suchen. Ich glaube aber sehr wohl, dass es ein Geheimnis gibt.«

»Wenn du meinst.« Logan Bennett erhob sich. »Wollt ihr etwas trinken? Ihr müsst entschuldigen, wenn ich kein guter Gastgeber bin. Es kommt nicht oft jemand in mein Haus. Geschichtsforschung ist ein einsamer Job.«

»Bestimmt«, schmeichelte Justus, »aber sehr wichtig. Wir danken für Ihre Hilfe, Mr Bennett. Auf das Getränk verzichten wir. Aber vielen Dank. Wenn Sie uns noch den Weg ins Stadtzentrum erklären könnten? Dorthin, wo Sie auch Mrs Dearing geführt haben?«

»Jetzt im Dunkeln würde ich an eurer Stelle nicht dort herumirren.«

»Tun wir nicht«, versicherte Justus. »Morgen ist ja auch noch ein Tag. Also, wären Sie so freundlich?«

Fünf Minuten später liefen die beiden Detektive durch die

Dunkelheit, die inzwischen wie ein schwarzes Tuch alles unter sich begrub.
»So ganz ohne die Lichter aus den Häusern ist es richtig unheimlich«, sagte Bob. Bei jedem Schritt tanzte der Strahl seiner Taschenlampe über die Straßen und das Gebüsch. »Überall gibt es diese Ruinen. Eine echte Geisterstadt.«
Irgendwo in der Nähe raschelte es. Bob schwenkte den Lichtstrahl. Zwei Augen blitzten dicht über dem Boden in der Finsternis auf und verschwanden mit trippelnden Geräuschen.
»Auf zum Stadtzentrum«, schlug Justus vor. »Auch wenn es nicht einfach wird, im Dunkeln der Wegbeschreibung zu folgen.«
»Hast du Mr Bennett nicht versprochen, dass wir erst morgen gehen?«
»Nein«, stellte der Erste Detektiv in seinem besten Oberlehrer-Tonfall klar. »Ich sagte, dass wir dort nicht im Dunkeln ›herumirren‹ werden. Und dass morgen auch noch ein Tag ist. Beides stimmt, auch wenn wir jetzt schon hingehen.«
Bob musste lachen. Sie stiefelten über die Straße. Nur einmal kamen sie an einer Rauchsäule vorbei, die diesmal aus einer Häuserruine aufstieg. Fast sah es aus, als habe jemand darin ein Lagerfeuer angezündet.
»Just?«
»Was ist, Kollege?«
»Dort vorne … da ist Licht hinter den Büschen! Eine Taschenlampe!« Im selben Moment löschte Bob seine eigene Lampe.
Justus tat es ihm gleich. »Ob er uns schon gesehen hat?«

»Er? Du meinst, es ist der grobschlächtige Schläger?«
»Er oder diese Mrs Dearing. Falls nicht jemand Drittes auftaucht und alles noch komplizierter macht. Aber Mrs Dearing wird es wohl nicht sein. Sie hat das Stadtzentrum ja bereits durchforstet.«
»Und ist nicht fündig geworden, wenn man Logan Bennett Glauben schenkt.«
»Gehen wir weiter. Aber vorsichtig!«
Im Dunkeln tasteten sie sich mehr schlecht als recht voran. Justus schätzte, dass der Schein der Lampe noch etwa fünfzig Meter entfernt war. Der Lichtkegel wanderte über die Fassade eines alten, sehr baufällig aussehenden Hauses.
»Das ist das Gebiet, das Mr Bennett beschrieben hat«, flüsterte Bob. Zwar waren sie viel zu weit weg, als dass man sie hören könnte, aber sicher war sicher.
Sie schlichen weiter in Richtung des Bereiches, in dem der Stadtforscher das wahre Zentrum von Centralia vermutete. Was aber nichts anderes bedeutete, als dass sie sich auch ihrem Gegner nähern mussten.
Bob blieb in einem stacheligen Gebüsch hängen. Es raschelte, Bob drehte sich erschrocken um und stolperte. Mit dem Gesicht voran fiel er in das Geäst, das knackend brach. Dornen verhakten sich in seiner Kleidung. Der dritte Detektiv fühlte seinen Puls rasend in der Halsschlagader pochen. Das Geräusch kam ihm so laut wie ein Gongschlag vor, aber der Lärm zuvor war sicher um ein Vielfaches lauter gewesen.
Die Taschenlampe des Mannes, der nach wie vor die Gegend absuchte und dabei offenbar sehr gründlich vorging, verharrte kurz und erlosch. Eine schattenhafte Gestalt drück-

te sich näher an die Hauswand. Kein Zweifel: Der – oder die – andere war aufmerksam geworden. Da half auch die fast undurchdringliche Dunkelheit nichts mehr. Das Einzige, worauf die beiden Detektive hoffen konnten, war, dass ihr Gegner sie für ein Tier hielt, das durch die Finsternis strich.

Während sich Bob möglichst geräuschlos aus den Zweigen befreite und sich selbst einen Narren schimpfte, flüsterte Justus: »Kollege, ich habe das gegenseitige Versteckspiel satt.«

»Was willst du tun? Wieder die Lampe anmachen und einfach so auf den Kerl zuspazieren? Bei Mr Bennett mag das ja funktioniert haben, aber …«

»Nein«, unterbrach ihn der Erste Detektiv leise. »Wir stellen unserem Gegner eine Falle!«

Die Falle schnappt zu

Justus erklärte seinem Detektivkollegen flüsternd, was er plante. »Wir sind ohnehin entdeckt. Umgekehrt hofft der Kerl dort vorn wohl, dass wir ihn noch nicht bemerkt haben. Also sollten wir …«

Bob ächzte. »Das ist mir zu kompliziert.«

»Im Gegenteil, Kollege. Es ist ganz einfach. Wir wissen, dass er weiß, dass wir da sind. Er weiß aber nicht, ob wir von ihm wissen. Klar?«

»Äh – ja.«

Der Anführer der drei ??? reckte die rechte Hand in die Höhe und spreizte Zeige- und Mittelfinger zu einem V wie »Victory« – dem Siegeszeichen. »Diesen Vorteil müssen wir ausnutzen.«

»Und wie?«, fragte Bob.

»Wir gehen in das größte Haus und spielen ihm etwas vor. Wir tun so, als würden wir dort drin etwas entdecken. Damit locken wir ihn auf eine falsche Fährte.«

Die beiden Freunde stimmten sich noch kurz ab und gingen los. Das Schauspiel für den unbekannten Zuschauer hatte begonnen, jedes Wort war nun genau auf diesen zugeschnitten.

»Mensch, pass doch das nächste Mal besser auf«, zischte Justus, der ganz in seiner Rolle aufging. Er musste zugeben, dass ihm diese Situation trotz der Gefahr Spaß machte. Er kam sich vor wie der Hauptdarsteller in einem Kinofilm, was ihn an die Fernsehauftritte seiner Kindheit erinnerte.

Bob schaltete seine Taschenlampe an. »Es ist aber auch verflixt dunkel!«, rief er theatralisch.
»Übertreib's nicht«, zischte Justus leise. »Es soll ganz natürlich wirken.« Lauter brummelte er irgendetwas Belangloses für die Ohren ihres Zuhörers.
So kamen sie bis zu einem dreistöckigen Haus, besser gesagt: einer dreistöckigen Ruine, die sich von den meisten anderen Gebäuden in Centralia nur dadurch unterschied, dass sie nicht bis auf die Grundmauern abgerissen worden war. Alles sah jedoch aus, als wäre es nur eine Frage der Zeit, bis das Haus bei einem heftigen Windstoß in sich zusammenfallen würde.
Von ihrem Gegner war nichts mehr zu sehen. Er – oder sie – versteckte sich perfekt. Dennoch waren die beiden Jungen sicher, weiterhin beobachtet zu werden.
»Da drin?«, fragte der Erste Detektiv, ganz ihrem spontanen Plan gemäß.
»Genau da!«, erwiderte Bob. »Wenn mich nicht alles täuscht, in einem der Obergeschosse. Sieht zwar verflixt baufällig aus, aber dieses Risiko müssen wir eingehen.«
Justus nickte und bemerkte selbst, dass er genauso übertrieb, wie er es vorhin seinem Freund vorgeworfen hatte. Er überlegte, ob die drei ??? demnächst einen Theater- und Schauspielkurs belegen sollten. Das konnte durchaus hilfreich sein, wie sich in diesen Minuten zeigte.
Bob drückte gegen die Tür, die quietschend nach innen schwang. Vorher leuchtete er noch die Wand rundum ab. Auf einem verblassten Schild, von dem schon die Farbe abblätterte, las er »Bull's Head Tavern & Hotel«. Das sollte

einmal das erste Haus am Platze gewesen sein? Vom einstigen Glanz dieses Gebäudes war nichts mehr zu erahnen.
Sie traten ein und ließen die Tür hinter sich offen. So würde es für ihren Verfolger leichter sein, ihnen nachzuschleichen. Justus leuchtete den Raum aus. Die Lobby des ehemaligen Hotels war größer, als man es von außen vermutet hätte. Eine Holztäfelung bedeckte die Wände. Alles lag unter einer dicken Staub-und-Ruß-Schicht.
Einige Schritte vor ihnen ragte eine Marmorsäule bis zur Decke. Sie schien das Einzige zu sein, was das Haus davon abhielt, in sich zusammenzustürzen. Ein Riss klaffte im Boden und verästelte sich mehrfach bis zu einem großen Tresen. An seiner breitesten Stelle hätte man mit etwas Mühe einen Fuß hineinstecken können. »Daher der Ruß«, sagte Justus. »Wahrscheinlich sind eine Zeit lang Rauch und Qualm aus dem Spalt gestiegen, wie wir es draußen schon gesehen haben.«
Bob musste husten. »Gut ist die Luft immer noch nicht.«
Der Anführer der drei ??? winkte ab. »Gehen wir nach oben.«
Bobs Blick sprach Bände. »Wirklich? Über *diese* Treppe?« Der Strahl seiner Taschenlampe glitt über morsche Stufen. Sie sahen aus, als hätte sie jemand mit einem schweren Hammer bearbeitet. Der Lichtstrahl wanderte in die Höhe. Teile der Decke waren heruntergebrochen und hatten die Holzstufen glatt durchschlagen.
Der Erste Detektiv grinste nur. »Den Aufzug würde ich erst recht nicht nehmen.«
»Wie denn auch – ganz ohne Strom?« Bob setzte seinen Fuß auf die unterste Stufe. Es knarrte bedrohlich. Bob belas-

tete sie. »Es geht! Allerdings solltest du warten, bis ich oben bin.«

»Ich versuche ja abzunehmen«, behauptete Justus. »Du musst nicht auf mir herumhacken.«

»Darum geht's gar nicht. Wenn wir nacheinander gehen, muss die Treppe uns nicht beide gleichzeitig aushalten.«

Über eine geborstene Stufe machte Bob einen großen Schritt. Als er auftrat, knarzte es so laut, dass der dritte Detektiv unwillkürlich nach dem Geländer griff. Das gab unter seinem Gewicht nach, quietschte erbärmlich und neigte sich weit zur Seite. Das brachte Bob erst recht aus dem Gleichgewicht. Er verlor die Nerven und hastete weiter. Im ersten Obergeschoss blieb er sichtlich erleichtert stehen.

Justus folgte ihm und erklomm die gefährliche Treppe ohne Zwischenfall. »Durchsuchen wir alles«, rief er Bob entgegen, in der Hoffnung, dass ihr unbekannter Gegner es irgendwie hörte. Spätestens wenn sie in den Zimmern verschwanden, würde dieser sich wohl ins Hotel schleichen.

Wenn es sich tatsächlich um den groben Schlägertypen handelte, mussten sie vorsichtig sein. Immerhin hatte er Samuel Reynolds tätlich angegriffen, im jonasschen Anwesen eine Bombe gezündet und damit Tante Mathildas Gemüsegarten verwüstet – Straftaten, für die er zur Rechenschaft gezogen werden musste. Wenn der Plan der beiden Detektive aufging, konnten sie den Verbrecher fangen und ausliefern.

Justus und Bob trennten sich und durchsuchten die Zimmer, die sich entlang dem Korridor aneinanderreihten. In diesem ehemaligen Hotel gab es keine geheimen Hinterlassenschaften, nach denen sie hätten suchen können. In Wirk-

lichkeit hielten sie nach etwas völlig anderem Ausschau – nämlich nach einem Zimmer, das sich abschließen oder von außen verbarrikadieren ließ und sich so als kurzzeitige Gefängniszelle eignete. Ihr ganzes Schauspiel diente nur dazu, ihren Verfolger dorthin zu locken und ihn einzusperren.
Ein normales Hotelzimmer kam dafür nicht infrage, denn diese besaßen selbstverständlich Fenster, durch die ihr Gegner hätte ausbrechen können. Dazu musste man kein allzu geübter Fassadenkletterer sein. Und seit der Aktion auf dem Schrottplatz wussten die beiden Detektive, dass ihr Gegner durchaus trainiert war.
Justus entdeckte kurz darauf doch noch ein geeignetes Zimmer. »Bob!«, rief er überdeutlich laut, kaum dass er die vierte Tür auf der linken Seite geöffnet hatte. »Komm her! Ich hab's!«
Er musste nicht lange auf seinen Freund warten. »Sieh dir das an!«
»Fantastisch, Just!«
Nicht nur, dass in der zum Glück sehr stabil aussehenden Tür von innen ein Schlüssel steckte – der Raum war fensterlos. An allen Wänden ragten tiefe Regale auf. Hier waren damals offensichtlich Laken und Handtücher gelagert worden. Eines der Wägelchen, die Zimmermädchen bei der Reinigung und beim Wäschewechsel benutzen, stand noch in der Ecke.
»Nicht besonders malerisch«, meinte Bob flüsternd, »aber für unsere Zwecke äußerst praktisch. Nun müssen wir unseren speziellen Freund nur noch hier hereinlocken.«
Justus zog den Schlüssel aus dem Schloss und ließ ihn in sei-

ner Hosentasche verschwinden. »Wir gehen vor wie abgesprochen.«

Ein wagemutiger Plan, den die beiden ?? ausgeheckt haben. Der fensterlose Raum scheint ein echter Glücksgriff zu sein – aber die Erfahrung lehrt, dass man sich als Detektiv nicht immer auf sein Glück verlassen kann.
Es stellt sich die Frage, ob das Verderben möglicherweise im Detail steckt.
In diesem Moment braust Peter im Leihwagen zurück nach Centralia, um seinen Kollegen von der erstaunlichen Entdeckung zu berichten, um wen es sich bei Mrs Dearing handelt. Fragt sich, in welcher Lage er seine Freunde vorfinden wird.
Und wer ist der grobschlächtige Kerl, der ebenfalls durch die brennende Stadt streift? Komplize oder Gegner von Amanda Dearing? Wie dem auch sei, den drei ??? ist er bestimmt nicht wohlgesinnt. Nur – fällt er auch auf das Theaterstück von Justus und Bob herein?

»Ich denke, er hat jetzt genug Zeit gehabt, sich irgendwo in der Hotellobby zu verstecken«, flüsterte Bob. »Also los!«
Die beiden Jungen verließen den Raum. Justus ging möglichst vorsichtig die abbruchreife Treppe hinunter. »Der Raum ohne Zimmernummer! Wir fahren sofort zu Kommissar Reynolds und geben ihm Bescheid. Sonderlich gut versteckt war es ja nicht!«
Unter Bobs Füßen knarrte es so laut, dass er unwillkürlich

befürchtete, einzubrechen … doch nichts geschah. Die beiden fragten sich allerdings, ob sie dieses ganze Schauspiel möglicherweise ganz umsonst aufführten, weil es gar keinen Verfolger gab.

In der Lobby sagte der dritte Detektiv: »Mr Reynolds wird sich freuen. Dumm, dass das Handy hier keinen Empfang hat und wir es ihm nicht direkt mitteilen können.«

»In einer Viertelstunde sind wir mit dem Wagen bei ihm«, erwiderte Justus, ehe sie das Gebäude verließen. Nun konnten sie nur hoffen, dass ihr Plan aufging. Sie entfernten sich einige Schritte vom Hotel, schalteten ihre Taschenlampen aus und schlichen zurück.

Der andere fühlte sich hoffentlich sicher und durchforstete die Wäschekammer nach dem, was die beiden Jungs angeblich so sehr begeisterte. Nur dass er nichts finden würde.

Der Anführer der drei ??? huschte zuerst in die Hotellobby, in der nahezu völlige Dunkelheit herrschte. Er konnte die Konturen der Treppe nur erahnen. Er lauschte. Tatsächlich – von oben kamen Geräusche. Es hatte geklappt!

Etwas berührte ihn. Fast hätte er aufgeschrien. Natürlich war es nur Bob. Gemeinsam schlichen sie weiter. Der Erste Detektiv ging zuerst und versuchte dabei, jedes verräterische Knarren der Stufen zu vermeiden. Bob folgte.

Die Tür der Wäschekammer stand offen, dahinter rumorte es. Offenbar war ihr Verfolger ebenso intensiv wie erfolglos auf der Suche. Ob er wohl wusste, *wonach genau* er Ausschau zu halten hatte? Oder tappte er wie die drei ??? buchstäblich im Dunkeln?

Die Tür war halb geöffnet. Justus würde einen Schritt in den

Raum hineingehen müssen, um sie zu packen, zuzuschlagen und abzuschließen. Der Erste Detektiv zog den Schlüssel aus der Hosentasche und nickte. Er atmete tief ein – und griff nach der Türklinke.

Da klammerte sich eine Hand um seinen Arm. Justus wurde in den Raum gerissen.

»Du kleine Mistmade!«

Justus schrie auf.

»Ihr dachtet wohl, ihr könntet den alten Conrad reinlegen? Da müsst ihr aber früher aufstehen!«

Jagd in der Ruine

Peter parkte den Leihwagen wieder am Rand der brennenden Stadt, stieg aus und schaltete seine Taschenlampe an. Er hatte gerade das Handy aus der Hosentasche gezogen, um Justus anzurufen, als es klingelte. »Das ist wohl Gedankenübertragung«, murmelte er und nahm das Gespräch an.

»Peter!«, hörte er Bob atemlos rufen. »Komm sofort … wir sind im Stadtzentrum … in einem Hotel, ziemlich groß … du wirst uns hören, wir …«

Danach drang nur noch ein Knallen aus dem Lautsprecher, ein Ächzen – und Stille, nur unterbrochen von den Lauten eines Handgemenges.

»Bob?« Der Zweite Detektiv warf sich wieder ins Auto. Seine Finger zitterten leicht, als er den Schlüssel einschob und den Wagen startete. Ob es gefährlich war oder nicht, mit dem Wagen in die Stadt zu fahren – seine Freunde waren in Not, da zählte jede Sekunde! »Bob?«

Aus dem Handy kam nur noch ein lang gezogener Ton. Die Verbindung war tot.

Peter fuhr los.

Stadtzentrum! Das half ja unheimlich weiter. Schließlich waren sie ausgerechnet auf der Suche nach diesem Zentrum gewesen und im Unterschied zu seinen Kollegen hatte er keinerlei Ahnung, wo es sich befand.

Sein Herz schlug wie rasend. Was hatte Bob gesagt? *Du wirst uns hören?* Klar, am Handy hatte es eindeutig nach einem Kampf geklungen. Da ansonsten in der ganzen Stadt Toten-

stille herrschte, konnte das ein guter Hinweis sein. Jeder Lärm würde weit hallen.
Also kurbelte Peter das Fenster herunter und lauschte. Er hörte aber nichts außer dem Brummen des Motors, das alles übertönte.
In der nächsten Sekunde stieg er voll auf die Bremse!
Vor ihm klaffte ein Loch in der Straße. Im Scheinwerferlicht waberte aufsteigender Rauch aus der Tiefe. Der Asphalt wölbte sich ein wenig nach oben und fiel dahinter steil ab.
Fast wäre der Zweite Detektiv in das Loch hineingefahren – es war groß genug, dass der Wagen halb hineingestürzt wäre. Und wer weiß, vielleicht war das Gebiet rundum kurz davor, ebenfalls einzubrechen. Dieses Risiko wollte er nicht eingehen.
Sein Herz hämmerte noch weitaus heftiger, als er den Rückwärtsgang einlegte und mit quietschenden Reifen einige Meter zurückschoss. Er stieg aus und lauschte erneut in die Dunkelheit.
Der Zweite Detektiv traute seinen Ohren nicht. Was er da hörte, waren weit mehr als die Geräusche eines Kampfes. Es klang, als würde ein ganzes Haus in sich zusammenstürzen!
Peter rannte los. Der Lichtstrahl seiner Taschenlampe tanzte vor ihm auf dem Asphalt. Um Zeit zu sparen, hetzte der Zweite Detektiv von der Straße hinunter, querfeldein durch ehemalige Gärten, immer in die Richtung, aus der der Lärm kam. Ohne groß nachzudenken, sprang er über die Reste von Mauern. An die Gefahr, der er sich so aussetzte, dachte er in diesem Moment nicht. Er musste seinen Freunden beistehen!

Der krachende Lärm nahm ab und Peter glaubte schon, dass er sich die extreme Lautstärke nur eingebildet hatte. Möglicherweise wirkte das Donnern in der Stille der Nacht auch viel lauter als in Wirklichkeit.

Vor ihm schälte sich ein Platz aus der Dunkelheit, um den noch einige Häuser standen, ähnlich wie rund um das Rathaus. Die Gebäude hoben sich kaum vom dunklen Himmel ab. Im Hintergrund allerdings flackerte durch eine große Erdspalte das dunkelrote Licht eines der unterirdischen Feuer. Deshalb konnte Peter zumindest etwas erkennen.

Der Lärm kam aus dem größten Haus! Der Zweite Detektiv richtete seine Taschenlampe dorthin, doch der Lichtstrahl wurde vom allgegenwärtigen Rauch verschluckt.

Peter rannte näher heran. Mit rasendem Herzschlag blieb er schließlich vor dem Haus stehen und suchte mit der Lampe die Fassade ab. Da – der Eingang!

Von drinnen gellte ein Schrei. Das war Justus!

Peter fluchte. Er riss die Tür auf, die erbärmlich in den Angeln quietschte. In der Hotellobby nahm er sich keine Zeit, sich erst umzuschauen. Dennoch fiel ihm ein von Stein- oder Betonbrocken zerschmetterter Holztresen auf, den man schlicht nicht übersehen konnte. Große Staubwolken hingen in der Luft.

War das gerade passiert? War es der Lärm dieses Einsturzes gewesen, der ihn hierhergelockt hatte? Sein Blick wanderte nach oben. Die Decke war teilweise eingebrochen und nach unten gestürzt.

Peter wandte sich um und traute seinen Augen nicht:

Bob rannte eine Treppe herunter … oder versuchte es wenigstens. Die Stufen brachen ein, er ruderte mit den Armen und fiel vornüber. Holzsplitter zischten durch die Luft und prasselten in die Tiefe, während Bob bis zur Hüfte verschwand. Er sackte halb in einen Hohlraum unter der Treppe, der wohl als Abstellkammer diente; zumindest gab es vom Erdgeschoss aus eine Klappe in der Seitenwand.

Gleichzeitig taumelte Justus am oberen Ende der Treppe rückwärts, stolperte und krachte mit dem Rücken gegen das Geländer. Holz ächzte und brach. Der Zweite Detektiv leuchtete panisch in Justus' Richtung. In der Luft war so viel Staub, dass sich das Licht darin fing und nichts zu sehen war. Eine massige Gestalt eilte oben an Justus vorüber. »Peter!«, rief der Anführer der drei ???, der sich wieder aufgerappelt hatte. »Wir müssen ihn aufhalten!«

Inzwischen war der Zweite Detektiv bei Bob angelangt, der sich mühsam festklammerte. Peter zog seinen Freund hoch. Bobs Hose war zerrissen, er blutete am Arm. An den Beinen hingen Unmengen von Spinnweben. Zwei Treppenstufen bestanden ausschließlich aus spitzen Holzsplittern. Staubflocken rieselten in das dunkle Loch, in dem noch Bobs Füße baumelten.

»Es geht schon«, ächzte der dritte Detektiv. Er zitterte. »Hilf Justus! Ich komm nach.«

Peter packte das Geländer, um über das zerborstene, dunkel gähnende Loch steigen zu können. Die Griffleiste gab nach, kippte zur Seite. Das Holz quietschte so erbärmlich, dass es wie das Jaulen eines Hundes klang.

Erschrocken ließ Peter los, machte einen großen Schritt und belastete vorsichtig die nächste erreichbare Stufe. Es knarrte,

aber mehr geschah nicht. Peter atmete tief ein und ging weiter – nur froh, nicht ebenfalls einzubrechen.
Hinter ihm kreischte Bob auf. Er drehte sich um, der Lichtstrahl seiner Taschenlampe fiel seinem Kollegen genau ins Gesicht. »Was ist los?«
Bob schüttelte den Arm aus. »Spinne«, rief er. »Dort unten …« Er sprach nicht zu Ende. Eine fette, schwarze Spinne huschte über die Treppe davon. »'tschuldigung.«
Justus war nicht mehr zu sehen. Peter hörte hastige Schritte weiter vorn im Hotelflur. Er rannte hinterher, an einem Loch vorbei; hier war der Boden eingebrochen und hatte den Tresen einen Stock tiefer zerschmettert.
Die Schrittgeräusche gingen in den Lärm eines Handgemenges über. Plötzlich taumelte der Anführer der drei ??? aus einem der Zimmer und krachte mit dem Rücken an die gegenüberliegende Wand. Staub rieselte von der Decke. »Peter! Er ist da drin. Der Kerl, der schon Mr Reynolds angegriffen hat!«
Schritte ertönten hinter den beiden Jungen. Bob eilte herbei. »Jetzt sind wir drei gegen einen. Wir kriegen ihn!«
»Ich zuerst!« Peter dachte nicht lange nach und rannte in das Zimmer, aus dem gerade eben sein Freund getaumelt war. Er machte sich für eine handgreifliche Auseinandersetzung bereit – und fühlte nur einen Luftzug.
Das Fenster stand offen. Ihr Gegner hatte sich im wahrsten Sinne des Wortes aus dem Staub gemacht, der in dicken Schwaden durch das Zimmer trieb. Peter rannte zum Fenster. An der glatten Fassade ging es schätzungsweise vier Meter nach unten. War der Kerl einfach gesprungen?

Justus stand plötzlich neben ihm, deutete auf die Fensterbank. »Hier stimmt etwas nicht!«
Da entdeckte auch Peter, worauf sein Kollege anspielte. Die dicke Staubschicht auf der Fensterbank war unversehrt. Darüber war niemand geklettert – jemand hatte nur das Fenster nach oben geschoben!
Gleichzeitig wirbelten die beiden Jungen herum.
Ihr Gegner sprang aus dem Badezimmer, packte Bob und stieß ihn seinen Freunden entgegen. Im nächsten Augenblick rannte er aus dem Raum.
Wie hatten sie sich nur so hereinlegen lassen können?
Als die drei ??? aus dem Zimmer hetzten, hörten sie es krachen und donnern. Ein dumpfer Schrei folgte, dann ein Poltern. Peter konnte das Chaos zuerst sehen.
Die Treppe stürzte endgültig ein. Noch immer prasselten Holzstücke in die Tiefe. Ihr Gegner wühlte sich auf dem Boden im Erdgeschoss aus den Trümmern und riss dabei das Geländer völlig aus seiner Verankerung. Er packte einen der Haltepfosten, zerrte ihn an sich und schleuderte ihn den drei ??? entgegen. Das Holzstück zischte an ihnen vorüber.
Noch während Justus, Peter und Bob überlegten, wie sie ohne Treppenstufen einen Stock tiefer kommen sollten, hetzte der grobschlächtige Kerl durch den Ausgang ins Freie.
»Der ist weg.« Der Erste Detektiv knirschte mit den Zähnen.
»Das nenne ich einen radikalen Abgang.«

Das wahre Zentrum

Justus erklärte Peter, wie und weshalb sie ihren Gegner überhaupt in das ehemalige Hotel gelockt hatten. »Als wir ihn in der Wäschekammer einsperren wollten, hat er mich gepackt. Er hatte von Anfang an gewusst, was wir planen, und uns eiskalt auflaufen lassen.«

»Aber warum?«

»Er wollte wissen, was wir in Centralia suchen«, sagte Bob. »Wir haben versucht, uns rauszureden, und ihn abgelenkt. Da hat Just …«

»Ich habe ihm den Ellenbogen in die Magengrube gerammt und mich befreit.« Justus grinste zufrieden. »Danach ging alles verflixt schnell.«

»Ich hab dich angerufen«, ergänzte der dritte Detektiv. »Aber dann hat Conrad mir das Handy aus der Hand geschlagen. Es muss noch irgendwo dort drüben liegen.«

»Conrad?«

»So hat er sich selbst genannt.« Bob verließ den Platz am oberen Ende der zerstörten Treppe und leuchtete den Korridor ab, bis er neben einem staubigen Teppichrest sein Handy fand. Er hob es auf und drückte einige Tasten. »Funktioniert noch. Was für ein Glück.«

»Kurz nach dem Telefonat mit dir gab es dort drüben ein Handgemenge – jenseits des Treppenabgangs. Das war wohl zu viel. Der Boden ist eingebrochen.«

»Ich habe es unten gesehen.« Peter versuchte sich an einem Lachen, doch es klang nicht sehr überzeugend. »Ein Gutes hatte das aber – der Lärm hat mir den Weg gewiesen. Dein Hinweis, dass ihr im Stadtzentrum wärt, war nicht gerade hilfreich, Bob!«

Der dritte Detektiv grinste schmallippig. »Ich hatte keine Zeit, dir lang und breit alles zu erklären! Außerdem hat es doch funktioniert, was willst du also?«

»Was ich will?«, fragte Peter. »Raus hier, ohne mir auf dem Weg nach unten den Hals zu brechen.«

Justus winkte ab. »Ich hatte mir einige Zimmer angesehen. In einem verläuft die Feuerleiter direkt neben dem Fenster. Das ist unser Weg nach draußen.«

»Wenn die ebenso baufällig ist wie der Rest des Hotels …«

»Es sind nur etwa vier Meter nach unten«, warf Bob ein. »Das sollte zu schaffen sein.«

»Und sofort danach machen wir uns auf den Weg zurück zu Logan Bennett.«

»Wer ist Logan Benn…«, begann Peter.

»Das erklären wir dir unterwegs«, unterbrach ihn Justus. »Bob, ich glaube, wir müssen an einer ganz anderen Stelle nach dem wahren Zentrum suchen!«

Nacheinander kletterten die drei ??? durch das Fenster die Feuerleiter hinunter. Von dem geheimnisvollen Conrad war weit und breit nichts mehr zu sehen.

Unterwegs erfuhr Peter nach und nach alles, was seine beiden Freunde über den Stadtforscher Logan Bennett wussten; umgekehrt erzählte er ihnen, wie er mit dem ehemaligen Kommissar Reynolds die Identität von Amanda Dearing gelüftet hatte.

»Sie ist also die Tochter von Adam Reynolds«, meinte der

Erste Detektiv nachdenklich. »Das eröffnet völlig neue Möglichkeiten.«

»Und welche?«

»Wenn ich das nur wüsste. Wir brauchen noch mehr Hinweise, mehr Fakten, die wir miteinander kombinieren können! Aber das wird uns noch gelingen, Freunde, da bin ich mir ganz sicher.«

Wenige Minuten später entdeckten die drei ??? aus etlichen Metern Entfernung erleichtert, dass im Haus von Logan Bennett noch Licht brannte.

Justus bedeutete seinen beiden Detektivkollegen, stehen zu bleiben. »Bevor wir da einfach reinspazieren, sollten wir uns überzeugen, dass weder unser spezieller Freund Conrad noch Mrs Dearing im Wohnzimmer bei Mr Bennett sitzen und ihm irgendwelche Fragen stellen.«

Bob stimmte zu. Auch er verspürte keine Lust, erneut einem der beiden zu begegnen. Also schlich er sich an das Haus heran und linste durch das Fenster. Der Geschichtsforscher saß im Schein der Öllampe über den Tisch gebeugt, hielt einen Stift in der Hand und schrieb. Der dritte Detektiv huschte in der Dunkelheit zurück zu seinen Freunden. »Er ist allein.«

Die drei ??? klopften an die Eingangstür.

Es dauerte nicht lange, bis sie aus dem Inneren des Hauses schwere Schritte hörten. Die Tür öffnete sich quietschend. »Ihr schon wieder. Wenn man sogar in einer brennenden Stadt nicht seine Ruhe hat, wo dann?«

Justus ließ sich davon nicht einschüchtern. »Bitte entschuldigen Sie, Mr Bennett, aber wir müssen noch einmal mit

Ihnen sprechen. Ich glaube, es könnte auch für Sie interessant werden.«
»So?« Es klang skeptisch. »Und bald verschwindet ihr wieder und kommt eine Stunde später zu viert zurück? Immer einer mehr, was?«
Justus sah einen Augenblick verwirrt drein, bis er verstand. »Das ist unser Freund Peter. Er war vorhin unterwegs, als wir Sie zum ersten Mal besucht haben. Und keine Sorge, einen Vierten im Bunde gibt es nicht.«
Schließlich waren sie die drei ??? und nicht die vier ???? – und das würden sie auch nie werden.
Mr Bennett trat zur Seite. »Also, Jungs, ich gebe euch eine Viertelstunde, mehr nicht. Ich habe zu tun. Dann solltet ihr machen, dass ihr nach Hause kommt, wo immer das auch sein mag. Es ist gefährlich, nachts durch Centralia zu streifen.« Dabei wanderte sein Blick zu Bob, der reichlich malträtiert aussah, seit die Treppe unter ihm zusammengebrochen war. Seine Hose hing in Fetzen herunter, eine blutige Schramme glänzte am Arm. »Aber das wisst ihr schon, wie ich sehe. Was habt ihr in der Zwischenzeit getrieben? Mal eben ein Haus eingerissen oder was?«
Das kam der Wahrheit ziemlich nahe, wie Justus zugeben musste. Er suchte gerade nach diplomatischen Worten, als der Stadtforscher abwinkte. »Ach, ich will's gar nicht wissen.« Mr Bennett trug aus der Küche einen Hocker herein, sodass auch Peter am Tisch Platz nehmen konnte. Sigmund Freud, der Hund, schaute kurz aus seinem Deckenlager auf, ehe er wieder schnarchende Geräusche von sich gab. Er klang wie eine asthmatisch röchelnde Kaffeemaschine.

»Also, ich höre«, sagte Logan Bennett. »Ihr meintet, es wäre auch für mich interessant. Also hat es wohl mit der Geschichte meiner Stadt zu tun. Ich bin gespannt.«
Justus räusperte sich. Vielleicht hatte er sich ein wenig zu weit vorgewagt, um vor der Haustür das Interesse des Stadtforschers zu wecken. »Uns liegt ein altes ... Dokument vor«, begann er vorsichtig. »Wir hätten vorhin etwas genauer sein sollen. In dieser Aufzeichnung ist die Rede vom *wahren Zentrum* dieser Stadt. Sie, Mr Bennett, haben uns und vorher Mrs Dearing in das alte Stadtzentrum geschickt. Wir glauben nicht, dass dieses Gebiet gemeint war. Eher ein *wahres* im Sinne eines *verborgenen* Zentrums. Also in einem eher poetischen Verständnis.«
»So etwas gibt es nicht«, gab sich der dürre Mann überzeugt. »Stadtplanung und Architektur sind eine ganz nüchterne Sache. Entweder ist etwas ein Zentrum oder nicht. Alles andere ist Humbug.«
»Ich glaube, Sie irren sich.«
Das nahm Mr Bennett gar nicht gut auf. »Ach ja? Dann bist du also der Experte, ja? Warum seid ihr dann hier aufgetaucht, wenn ich doch nur ein alter Trottel bin?«
»So meint Justus das nicht«, versicherte Bob rasch. »Was er sagen wollte, ist, dass es oft Geheimnisse gibt, die man nicht auf den ersten Blick als solche erkennt. Das Dokument, von dem er gesprochen hat, ist in einer verschlüsselten Form abgefasst. Auch das dort erwähnte *wahre Zentrum* könnte eher im Sinn eines Rätselspruchs gemeint sein. Hat sich irgendwann etwas besonders Wichtiges hier ereignet? Ich meine, bevor der Brand ausgebrochen ist? Oder ... halt, natürlich,

es könnte doch der Ort gemeint sein, an dem es damals zu brennen begann!«

»Unmöglich«, erwiderte Peter. »Adam Reynolds hat sich hier aufgehalten, als noch nicht klar war, dass das Feuer über Jahrzehnte lodern würde! Ein Brand wie tausend andere auch. Das kann man kaum als etwas so Besonderes ansehen, dass man es als wahres Zentrum der Stadt bezeichnet.«

»Aber die Botschaft hat er viel später geschrieben«, gab Bob zu bedenken.

Logan Bennetts Blick wanderte zwischen den drei ??? hin und her. »Ich habe wirklich keine Ahnung, wovon ihr redet. Aber ihr habt recht – diese Sache beginnt tatsächlich, mich zu interessieren.«

»Hatte Mrs Dearing noch irgendetwas Besonderes erwähnt?«, fragte Justus.

»Ich wüsste nicht, was euch das angeht!«

Der Erste Detektiv nickte hastig. »Okay. Also noch mal zurück. Gab es ein bedeutendes Ereignis während der Stadtgründung oder kurz danach? Ein außergewöhnliches Verbrechen? Einen Mord? Ein Grubenunglück beim Kohleabbau? Gerede von Monstern aus der Tiefe? Vielleicht eine Geistererscheinung? Irgendetwas Mystisches würde gut in die Rätselsprache des Dokuments passen.«

»Just«, sagte Peter unbehaglich. »Nun lass uns mit Gespenstern und Ungeheuern in Ruhe!«

Justus knetete seine Unterlippe, als ihm plötzlich eine weitere Formulierung des Briefes in den Sinn kam. *Die Elfen sind die Wahrheit,* hatte Adam Reynolds geschrieben. Der Zusammenhang passte zwar nicht völlig in die Suche nach dem wahren Zentrum, aber der Erste Detektiv fragte trotzdem: »Hat man zum Beispiel jemals von Elfen in Centralia gehört?«

Mr Bennett stand wortlos auf und ging zu einem mit alten Büchern vollgestopften Regal. Zielsicher zog er eines heraus, strich eine dicke Staubschicht von seiner Oberseite und legte es auf dem Tisch ab. Als er es öffnete, knackte es leise im Buchrücken. »Elfen?«, wiederholte er. »Nein. Aber ich habe eine andere Idee. Ihr habt nach etwas Mystischem gefragt. Damit kann ich tatsächlich dienen. Es hat nichts mit einem Zentrum zu tun, aber vielleicht ist es trotzdem interessant.« Er klang, als wäre er mit einem Mal Feuer und Flamme. Keine Spur mehr davon, dass ihm das erneute Auftauchen der Jungen auf die Nerven ging. Wahrscheinlich verschwendete er auch keinen Gedanken mehr an die Viertelstunde, die er seinen Besuchern ursprünglich geben wollte.

»Ich will euch einige Aufzeichnungen aus der Zeit der Stadtgründung zeigen«, fuhr Bennett fort. »Ich glaube, ich habe schon erwähnt, dass Alexander W. Rea 1854 der eigentliche Gründervater unserer Stadt war. Er plante ein Straßennetz, das Centreville, wie er die Stadt nannte, an die Gegend anbinden sollte. Teile davon wurden verwirklicht, seine verrückte Idee ging allerdings unter.«

»Verrückte Idee?«, fragte Justus gespannt.

»Centreville hätte ein ganz besonderer Ort sein sollen, wenn es nach Rea gegangen wäre. Eine weithin berühmte Stadt, etwas Einmaliges, das man sofort erkennen konnte. Vor allem aus der Luft. Und seiner Meinung nach auf einer ›tieferen Ebene‹, wie er es ausgedrückt hat.« Bennett blätterte in dem Buch. »Er war ein Mystiker, wisst ihr, an übernatürlichen und magischen Dingen interessiert. Deshalb habe ich mich jetzt an diese Straßensache erinnert.«

Die drei ??? brannten vor Neugierde, hielten sich aber mit weiteren Fragen zurück. Der Stadtforscher würde ihnen sicher mitteilen, was er wusste. Sie wollten ihn in seinem Gedankengang nicht unterbrechen.

»Seid ihr über die Pennsylvania State Route 61 gekommen?«, fragte Mr Bennett.

»Äh … ja«, stammelte Peter und ärgerte sich, dass man ihm seine Verblüffung über den plötzlichen Themenwechsel so deutlich anhörte.

»Die Straße endet in Centralia«, erklärte der dürre Stadtbewohner, während er den ausgestreckten Zeigefinger zwischen die Seiten legte und das Buch unvermittelt zuklappte. »Das ist das östliche Ende der Route 61. Außerdem verläuft die Route 42 in Nord-Süd-Richtung durch Centralia. Stellt euch vor, ihr fliegt in einem Hubschrauber über die Stadt und konzentriert euch auf diese beiden Hauptstraßen. Was seht ihr?«

Bob schloss die Augen, versuchte es sich vorzustellen. »Ein Symbol. Ungefähr in der Form eines großen T.«

»Genau! Das ist ein kleines Überbleibsel von Alexander W. Reas ursprünglichen Plänen des Straßennetzes. Eigentlich plante er ein echtes, bedeutungsschwangeres Symbol, das die Stadt umgeben sollte. Ein einige Kilometer großes, aus Straßen gebildetes Pentagramm!«

»Ein Pentagramm?«, wiederholte Justus. »Das ist höchst interessant. Dieses Zeichen gilt als Schutzsymbol vor bösen

Mächten. Wer in einem solchen fünfzackigen Stern steht, den können böse Geister und Gespenster nicht erreichen, heißt es. Aber warum? So viel Mystik, ausgerechnet hier, mitten im Nichts? Wer hätte denn die Straßen benutzen sollen?«

Der Stadtforscher nickte. »Uns erscheint das heute seltsam, klar. Aber wer weiß schon, was Rea damals genau umgetrieben hat? Er hat sich jedenfalls alles genau überlegt. Seht es euch an!« Schwungvoll klappte er das Buch auf.

Die drei ??? starrten auf eine Skizze des Straßennetzes, wie es dem Mystiker Mr Rea vorgeschwebt hatte. Ein regelmäßiger, fünfzackiger Stern, in dessen Zentrum Gebäude gezeichnet waren – die Innenstadt von Centralia, so wie sie Mitte des neunzehnten Jahrhunderts vom Gründer der Stadt geplant worden war.

Das scheint ja ein merkwürdiger Kauz gewesen zu sein, dieser Mr Rea. Ob er seine Stadt vor dem Einfluss böser Mächte schützen wollte? Wenn ja, ist es ihm offenbar nicht gelungen. Zumindest hätte er an sein Versagen geglaubt, so wie ich ihn einschätze, und hätte behauptet, dass das Feuer in Centralia direkt aus der Hölle stamme und deshalb nicht gelöscht werden könne. Immerhin hat man ja sein magisches Schutzsymbol nicht verwirklicht.

Doch so interessant das alles sein mag, für die Suche nach dem wahren Zentrum der Zentrumsstadt scheint es nicht hilfreich zu sein. Oder doch? In den Köpfen der drei ??? arbeitet es bereits. Wie geht es euch?

»Man nennt das Pentagramm auch Pentalpha«, gab Justus zum Besten, »weil es durch fünf ineinanderstehende Buchstaben A gebildet wird. Ebenso erhält man es, wenn man die Diagonalen eines regelmäßigen Fünfecks nachzieht. Ein weiterer Begriff dafür ist Drudenfuß, wie er schon in dem Klassiker ›Faust‹ von Johann Wolfgang von Goethe verwendet wird. Dort wird der Höllengeist Mephistopheles damit gebannt.«

Peter und Bob räusperten sich gleichzeitig, um ihren Kollegen darauf hinzuweisen, dass dies nicht der beste Zeitpunkt für einen seiner gefürchteten Vorträge war.

Der Anführer der drei ??? verdrehte die Augen.

Logan Bennett trommelte mit den Fingerspitzen auf der Tischplatte. »Richtig, mein Junge. Genau so dachte Rea. Für ihn war das Pentagramm rund um Centreville ein Symbol für die sichtbare und auch für die unsichtbare Welt. Dass es nicht verwirklicht wurde, hat ihn schwer getroffen. Das gigantische Zeichen wäre in seiner Vorstellung das gewesen, was die Stadt eigentlich ausgemacht hätte.«

»Und genauso finden wir das *wahre Zentrum*!«, rief Bob begeistert. »Wenn das für diesen Mr Rea so unheimlich wichtig war, wissen wir also, wo wir suchen müssen.«

»Und wo?«, fragte der Stadtforscher verwirrt, der diesen Gedankensprung offenbar nicht nachvollziehen konnte.

»Ein Pentagramm hat einen genau bestimmbaren Mittelpunkt«, erklärte Justus. »Es ist eine simple mathematisch-geometrische Aufgabe, dieses Zentrum zu bestimmen.« Er schnappte sich ein Stück Papier und einen Stift. »Wenn man von den Ecken des zentralen Fünfecks die Senkrechte auf die gegenüberliegende Seite fällt, kreuzen sich alle Linien an exakt einem Punkt! Das ist der Mittelpunkt des Pentagramms!«

»Und wenn wir das bei dem geplanten Straßennetz wiederholen«, sagte Peter begeistert, »erhalten wir einen genauen Ort irgendwo in Centralia!«

Justus grinste so zufrieden wie immer, wenn er ein besonders schwieriges Rätsel gelöst hatte. »Das wahre Zentrum der Zentrumsstadt ...«

In die Tiefe

Von diesem Moment an mussten die drei ??? Logan Bennett nicht lange um weitere Hilfe bitten. Der Stadtforscher zeigte sich begeistert. Er suchte alles Nötige zusammen und breitete es im flackernden Licht der Öllampe auf dem Tisch aus. Auf einem Stadtplan von Centralia aus der Zeit, bevor das Feuer ausgebrochen war, zeichnete er akribisch den von Mr Rea im Jahr 1854 geplanten Straßenverlauf ein.

Das perfekte Pentagramm durchschnitt die Gegend. Die Enden des Sterns lagen nur teilweise im ehemaligen Stadtgebiet, das nun einer eingeebneten Einöde glich.

»Es hätte wirklich faszinierend ausgesehen«, kommentierte Peter. »Nur wäre es wohl keinem Stadtbewohner aufgefallen. Nur aus der Luft, mit großem Abstand, hätte man diesen gigantischen Drudenfuß in seiner Gesamtheit erkennen können.«

»Für Mr Rea zählten andere Dinge«, gab sich Justus überzeugt. »Für ihn hätten die Straßen aufgrund ihrer magischen Form einen Schutz vor unsichtbaren bösen Mächten gebildet. Aber für uns spielt das natürlich keine Rolle.«

»Natürlich«, wiederholte Peter. »Ist ja auch nur eine mystische Spinnerei. Eine verrückte Idee, wie Mr Bennett gesagt hat.«

Die drei Jungen verfolgten gebannt, wie Logan Bennett im inneren Fünfeck des Pentagramms von den Ecken aus Striche zum Mittelpunkt der gegenüberliegenden Linie zog.

Bei der dritten Linie meinte Justus ungeduldig: »Schon

gut – zwei hätten ja genügt. Sie treffen sich ja alle in diesem Punkt! Wir müssen jetzt los!«

Der Stadtplan wies ganz klar aus, was sich dort befand.

»Ein alter Eingang in das Bergwerk«, sagte der Zweite Detektiv tonlos. »Soll das etwa heißen …«

»Genau das, Kollege«, meinte Justus. »Dort liegt jetzt das wahre Zentrum der Stadt. Was immer wir suchen, es befindet sich *unter* der Oberfläche.«

»Im brennenden Bergwerk?« Peters Stimme klang unnatürlich hoch. »Wir können doch da nicht runter!«

»Ganz im Gegenteil. Wir können nicht nur … wir müssen! Und wir werden.«

Bob schüttelte den Kopf. »Just, wenn dort unten irgendetwas versteckt war, ist es schon vor Jahrzehnten verbrannt!«

»Das muss nicht sein«, warf Logan Bennett ein. »Es gibt Bereiche, in die das Feuer noch nicht vorgedrungen ist. Vergesst nicht, dass es wohl noch hundertfünfzig Jahre lang weiterbrennen wird. Es gibt also noch einiges, was es verschlingen kann. Aber ich würde euch trotzdem davon abraten, in die Tiefe zu steigen. Es ist viel zu gefährlich.«

»Da hörst du's«, sagte Peter.

Justus winkte ab. »Wir werden schon aufpassen. Mr Bennett, sagen Sie uns nur eines: Ist es möglich?«

Der Stadtforscher seufzte. Sein Zeigefinger glitt auf dem Stadtplan auf und ab. »Dieser Einstieg liegt in einem Gebiet, wo es vor etwa dreißig Jahren brannte. Ich erinnere mich noch gut an diese Zeit. Damals versuchte die Regierung noch, den Brand zu löschen. Inzwischen dürfte es in dieser Gegend allenfalls noch kleine Restflammen geben. Mit der entsprechenden Ausrüstung kann man sich durchaus dort aufhalten.«

»Was für Ausrüstung?«, bohrte der Anführer der drei ??? nach.

»Die Luft ist entsetzlich schlecht. Auf jeden Fall benötigt ihr Atemschutzmasken. Außerdem natürlich Helme. Das ist das Mindeste, die absolute Grundausstattung. Ein Spaziergang wird das trotzdem nicht. Also wenn ihr mich fragt, solltet ihr das Fachleuten überlassen.«

»Die drei ??? tun stets, was nötig ist!« Justus verschränkte die Arme vor der Brust. »Wenn wir uns nicht beeilen, werden andere schneller sein als wir.« Wen er damit meinte, musste er nicht sagen – Mrs Dearing und den grobschlächtigen Kerl, der sich selbst Conrad genannt hatte.

Mr Bennett stand ruckartig auf. Die Stuhlbeine schrammten über den Boden. »Ich habe alte Atemschutzmasken hier, als Teil meiner Sammlung von Objekten aus der Stadtgeschichte. Sie liegen im Obergeschoss. Ich schaue nach, ob sie noch funktionieren. Ihr wartet hier. Macht keine Dummheiten, bis ich wieder hier bin.« Er zündete eine Kerze an, steckte sie in einen Halter und verließ den Raum.

Kaum hatte er die Tür hinter sich geschlossen, fragte Bob: »Ist euch klar, dass wir uns in einer Sache gründlich geirrt haben? Wir haben geglaubt, einen Teil der Botschaft sofort verstanden zu haben. Eigentlich hat Adam Reynolds aber klar auf die brennende Unterwelt der Stadt hingewiesen. Wie schreibt er genau? *Wenn du wissen willst, was damals in der Finsternis geschah.* Versteht ihr? *In der Finsternis!* Damit meint er die Dunkelheit in den unterirdischen Gängen. Und wir Idioten glaubten, er würde auf die Nacht seiner Verhaftung anspielen.«

»Du hast recht, Kollege«, gab Justus zu, der alles andere lieber tat, als Fehler einzugestehen. »Und genau dieses Rätsel lösen wir jetzt. Wir werden die Ersten sein, die herausfinden, was damals in der Finsternis vorgefallen ist.«

Die drei ??? tauschten entschlossene Blicke. Auch Peter ließ sich nicht anmerken, dass ihm schon bei der Vorstellung, durch die dunklen, verlassenen Stollen zu streifen, ein eiskalter Schauer über den Rücken lief.

Wenig später kehrte Logan Bennett mit drei Atemschutzmasken zurück. Die Jungen nahmen sie dankend entgegen und verstauten sie in ihren Rucksäcken.

Sie nahmen dem Stadtforscher das Versprechen ab, weder Mrs Dearing noch dem grobschlächtigen Conrad etwas von ihrer Entdeckung zu sagen, falls diese sich erneut bei ihm melden sollten. Er sagte es zu und wünschte ihnen viel Erfolg – nicht ohne sie ein weiteres Mal zu ermahnen, vorsichtig zu sein.

Die drei ??? verließen das Haus und machten sich mit dem Stadtplan in der Hand auf den Weg. Noch einmal ging es quer durch das nächtliche Centralia. Inzwischen war es fast Mitternacht geworden, aber keiner der drei fühlte auch nur die geringste Müdigkeit.

Bis zum nächsten Tag zu warten kam für sie nicht infrage. Im Hotelzimmer hätte ohnehin niemand auch nur ein Auge zugetan. Außerdem hätte Samuel Reynolds sie wohl davon abgehalten, auf eigene Faust in die Tiefe hinabzusteigen.

Justus nahm seinen Rucksack ab, holte das vorletzte Sand-

wich heraus und biss herzhaft hinein. »Wer weiß, wann wir wieder zu einer Mahlzeit kommen. Dort unten können wir die Masken sicher nicht abnehmen.«
»Wie kannst du in einer solchen Situation nur ans Essen denken?«, fragte Peter.
Justus zuckte kauend mit den Schultern. »Was muss, das muss«, murmelte er mit vollen Backen.
Bob leuchtete mit der Taschenlampe auf den Stadtplan und versuchte, die Orientierung nicht zu verlieren. Straßenschilder gab es praktisch keine mehr, selbst die kleineren Nebenstraßen waren unter dem teils dichten Bewuchs von Unkraut und Büschen kaum noch zu erahnen.
Dennoch fanden sie sich zurecht und standen wenig später vor einem niedergerissenen Zaun, hinter dem sich die Ruine eines ehemaligen Bergwerksgebäudes erstreckte. Knapp die Hälfte der etwa acht Meter hohen und mindestens dreißig Meter langen Halle war eingestürzt. Stahlstützen ragten aus Schuttbergen.
Unter diesem Gebäudeteil war die Erde großflächig weggesackt, die Stollen offensichtlich zusammengebrochen. Die drei ??? konnten nur hoffen, dass es im anderen Gebäudeteil besser aussah und der Einstieg überhaupt noch zugänglich war. Sonst war ihre Mission von vornherein zum Scheitern verurteilt.
Sie kletterten über den am Boden liegenden Metallzaun, aus dem einzelne Verstrebungen als Stolperfallen in die Höhe ragten. Justus spazierte schnurstracks auf das Gebäude zu, entdeckte eine Tür und fand sie unverschlossen. Sie klemmte allerdings, sodass es einige Mühe kostete, sie aufzuziehen.

Es knarrte und quietschte, bis die Tür mit einem knackenden Geräusch endlich aufschwang.
Im Inneren der Halle lag Schutt auf dem gefliesten Boden. Neben der Tür hing in einem verschmutzten Schaukasten ein vergilbter Plan. Er zeigte wie auf einer Landkarte das unterirdische Netz aus Stollen und Querverbindungen. Die verwendeten Symbole wurden am Rand in einer Leiste erklärt.
»Ein Plan des Bergwerks«, sagte Justus zufrieden. »Genau das hatte ich zu finden gehofft.« Einige rote Markierungen zeigten die Stollen an, die sich damals im Bau befanden, als das Feuer für ein abruptes Ende der Kohleförderung unter Tage sorgte.
Peter leuchtete in den weiten Raum. Als er den Strahl seiner Taschenlampe an die Decke wandern ließ, stieß er einen entsetzten Schrei aus: »Ju…stus – da oben! Da hängen Menschen!«
Justus lachte. »Peter, entspann dich, das sind nur Kleider. Wir müssen hier in der Schwarzkaue sein. Die Kauen sind eine Innovation aus dem seinerzeit führenden deutschen Bergwerkswesen, die auch in den Vereinigten Staa–«
»Justus, sag uns einfach, warum da Kleider an der Decke hängen«, drängte Peter. Er hatte sich vom Schreck noch nicht so ganz erholt.
»Die Bergleute haben hier nach der Schicht ihre dreckigen Grubenanzüge ausgezogen, an eine Art stummen Diener gehängt und an einer Kette unter die Decke gezogen. So war die schmutzige Kleidung aus dem Weg und konnte lüften. Wenn wir Glück haben, finden wir so noch Schutzkleidung für uns. Aber sehen wir uns doch erst mal weiter um.«

Im hinteren Teil des Raumes entdeckte Peter eine etwa zwei mal zwei Meter breite Falltür, die von einem hüfthohen, einfachen Geländer umgeben war.

»Volltreffer«, sagte Bob zufrieden. »Von hier aus geht es weiter in die Tiefe, in das Stollensystem des Bergwerks.« Er zog die Falltür nach oben. Sie quietschte erbärmlich. Er schnupperte vorsichtig, als erwartete er schon den Gestank von Rauch und glühende Hitze, die ihm entgegenschlüge.

»Ein Zugang direkt hier in der Kaue? Zweifellos handelt es sich um einen Nebeneinstieg«, meinte Justus. »Die eigentlichen Eingänge waren sicher größer. Meistens konnte man sie mit einem Grubenaufzug befahren. Gut, dass wir gleich auf diesen Eingang gestoßen sind, denn den Aufzug hätten wir ohne Strom garantiert nicht zum Laufen gebracht.«

Die drei ??? ließen für jeden einen Grubenanzug von der Decke und schlüpften hinein. Der Stoff fühlte sich rau an. Sie setzten Mr Bennetts Atemschutzmasken und die Helme auf, die zusammen mit dem Anzug am Haken gehangen hatten. Die drei Detektive kamen sich seltsam kostümiert vor, aber ohne dieses Minimum an Schutzmaßnahmen hätte sich sogar Justus nicht in die Tiefe gewagt.

Die Lampen für die Helme fanden die drei Detektive zwar noch in einem Regal, aber in all den Jahrzehnten hatten sich die Akkus natürlich entladen. Was die Beleuchtung anging, mussten sie sich also auf ihre Taschenlampen verlassen. Einige Ersatzbatterien trugen sie in ihren Rucksäcken bei sich.

Bob beugte sich über den Einstiegsschacht. »Das darf doch nicht wahr sein! Das ist alles?« Seine Stimme klang unter der Atemschutzmaske dumpf.

Aus dem Gestein ragten metallene Stützgriffe, die als Sprossen dienen mussten. Sie waren gerade breit genug, einen Fuß darauf abzustellen, und lagen mindestens fünfzig Zentimeter auseinander.

»Mehr Komfort wird es wohl nicht geben«, meinte Peter. »Ein wenig Geschick beim Abstieg werden wir schon brauchen. Seid froh, dass hier keine morsche Holzleiter steht, die seit einer Ewigkeit vor sich hin fault. Sonst wäre jeder Schritt ein Himmelfahrtskommando.«

»Du hast gut reden«, sagte Justus, »so als durchtrainierter Supersportler.«

Peter grinste. »Mir gefällt es trotzdem überhaupt nicht, in diese brennende Unterwelt hinabzusteigen.«

»Direkt unter uns brennt es seit dreißig Jahren nicht mehr, hat Mr Bennett gesagt.«

»Beruhigt dich das, Just?«

»Nein«, musste der Erste Detektiv zugeben. »Aber wir gehen trotzdem.«

Als der Sportlichste der drei ??? stieg Peter voran. Die Griffe waren glatt und rutschig. An den Händen spürte er, wie kalt das Metall war.

Die Taschenlampe steckte in einer Tasche der Schutzjacke, der Lichtstrahl zuckte über das Gestein. Ein Schauer lief über den Rücken des Zweiten Detektivs. Wenn er nach unten schaute, gab es dort nichts als Dunkelheit.

Jeden Schritt setzte er äußerst vorsichtig und prüfte den Halt der in die Wand geschlagenen Metallsprossen, ehe er sie mit seinem Gewicht belastete. So ging es immer weiter hinab. Als seine Füße auf einem Absatz im Gestein einen festen

Stand ertasteten, nestelte er mit der linken Hand die Lampe aus der Tasche und leuchtete an seinen Füßen vorbei nach unten. Der Lichtschein verlor sich in konturloser Schwärze. Peter informierte seine Kollegen und hangelte sich tiefer. Eine gefühlte Ewigkeit später kam er auf festem Grund an. Erleichtert richtete er die Taschenlampe in die Höhe und sah Justus, der noch mindestens fünf Meter über ihm mühsam Sprosse um Sprosse nahm. Noch ein Stück höher konnte er Bob erahnen.

Trotz der wärmenden und robusten Jacke fror Peter innerlich, obwohl es in dieser Tiefe eigentlich nicht sonderlich kalt war. Hinter der Maske schmeckte die Atemluft schal und abgestanden. Er leuchtete rundum. Er stand in einer kleinen Kaverne. Feuchtigkeit glänzte im Strahl der Taschenlampe an den unebenen Wänden. In drei Richtungen zweigten Gänge ab. Dieser Einstieg stellte offenbar einen Knotenpunkt im Netz der Bergwerksstollen dar.

Als Justus ebenfalls den Boden erreichte, zog er den Plan hervor, den er oben aus dem Schaukasten genommen und eingesteckt hatte. Der Erste Detektiv zeigte nach rechts. »Dieser Stollen führt in den Teil der Stadt, in dem wir besonders viele Spalten und Löcher im Boden gesehen haben. Die Gefahr ist groß, dass dort durch die Brände alles in sich zusammengesackt ist. Da wir ohnehin nicht wissen, wo genau wir suchen sollen, empfehle ich, die andere Richtung einzuschlagen.«

Bob nickte. »Klingt gut.«

»Gut?« Peter räusperte sich. »Bin ich denn der Einzige, der sich fragt, ob wir uns verirren und nie wieder aus diesen

Gängen herausfinden? Mr Bennett hatte recht, wir hätten das den Profis überlassen sollen.«

»Zweiter!«, rügte Justus. »Wir *sind* Profis. Und wir haben schon immer getan, was nötig war, um unsere Fälle zu lösen. Lassen wir uns etwa von Grüften, Unfällen oder Spukgeschichten aufhalten? Also los jetzt!«

»Wo du gerade die Spukgeschichten erwähnst, Just. Mir gehen die Elfen aus Adam Reynolds' Botschaft nicht aus dem Kopf. Was, wenn ...«

»Wenn diese Sagengestalten uns auflauern und uns trennen?«, beendete der Anführer der drei ??? den Satz. »Peter, jetzt denk doch mal nach, ehe du dich von der Dunkelheit hier unten ins Bockshorn jagen lässt!«

»Elfen sind alles andere als wütende Monster«, erklärte Bob. »Keine besonders gruseligen Gestalten. Ganz im Gegenteil, sie gelten im Allgemeinen als positive, mythische Helfer-Wesen. Also los jetzt!«

Die drei ??? machten sich auf den Weg durch die nachtschwarze Unterwelt.

Kohle, Feuer, Rauch und Tod

Justus, Peter und Bob stolperten durch die Dunkelheit. An einigen Stellen mussten sie mit gesenktem Kopf laufen. Einmal fiel Bob ein Wassertropfen genau auf die Hand, mit der er die Taschenlampe hielt. Er zuckte vor Schreck zusammen. Die Strahlen ihrer Taschenlampen strichen über nackte Felswände und Stahlträger, die nicht sonderlich vertrauenerweckend wirkten. Sie waren verbogen, wohl von der Hitze des Feuers, das dort lange gewütet hatte.
Jeder Schritt wirbelte Wolken aus uralter Asche auf. »Wenn hier irgendetwas war«, sagte Bob, »ist davon garantiert nichts mehr übrig. So leid es mir tut, aber das bringt nichts.«
Im nächsten Moment pfiff Justus durch die Zähne. »Seht euch das an, Kollegen!«
»Hast du etwas entdeckt?«
»Und ob.« Der Erste Detektiv ging in die Knie, streckte die Hand aus und deutete auf einen bleichen Knochen.
Peter, der direkt hinter ihm ging, stieß einen angeekelten Laut aus. »Das würde ich jetzt nicht gerade einen besonders tollen Fund nennen. Ist das ein … verbrannter Bergarbeiter?«
»Ich glaube nicht.« Der Erste Detektiv hob den Knochen in aller Seelenruhe auf. »Sieht mir eher aus wie der Rippenknochen eines kleinen Wildtieres. Weiß der Himmel, wie das hier unter Tage gekommen ist. Vergesst nicht, dass im Laufe der Zeit allerhand Tiere in Centralia gesichtet wurden.«
Peter leuchtete seinem Freund ins Gesicht. »Toll. Können wir jetzt weiterlaufen?«

»Du machst einen Fehler, Kollege!« Justus hob die Hand, um seine Augen zu beschatten. »Je mehr wir über diese Gänge wissen, umso besser. Möglicherweise gibt es hier immer noch Tiere. Diese Information könnte später nützlich werden.«
»Womöglich war das auch nur die Beute irgendeines Raubtiers, das hier unten haust«, sagte Bob. »Vielleicht wartet es nur darauf, uns zum Nachtisch zu verspeisen. Freunde, das gefällt mir überhaupt nicht.«
Peter quetschte sich am Ersten Detektiv vorbei. »Kann doch sein, dass auch die Gerüchte über die Elfen stimmen.«
»Wie oft sollen wir es dir noch sagen?« Justus verdrehte die Augen. »Elfen sind keine Gruselgeschöpfe, die Leute oder Tiere fressen und Knochen hinterlassen! Wenn es diese mythischen Geschöpfe hier unten gäbe, würden sie uns eher helfen. Aber sie entstammen nur dem Reich der Fantasie.«
Peter blieb stehen, drehte sich um und seufzte, weil sich Justus immer noch rund um den Knochen zu schaffen machte. »Aber irgendetwas muss es damit auf sich haben, sonst hätte Adam Reynolds sie nicht in seiner Botschaft erwähnt.«
»Da hat er recht«, stimmte Bob zu.
Justus schob hinter dem Fundort der makabren Hinterlassenschaft einen Stein zur Seite und legte einen kleinen Hohlraum frei. Er leuchtete hinein. Der Rest des Skeletts glänzte fahl im ersten Licht, das seit vielen Jahren darauf fiel. In der Tat handelte es sich um ein Tier, etwa von der Größe eines Marders. Das Maul war aufgerissen und aus den gähnenden Augenhöhlen schien das Tier sie direkt anzuschauen. »Suchen wir anderswo«, schlug der Anführer der drei ??? vor. »Hier werden wir nichts Wichtiges mehr finden.«

Sie wichen den Pfützen auf dem Boden des Stollens aus, wo immer sie konnten. Aber an einer engen Stelle blieb ihnen nichts anderes übrig, als durch das Wasser zu stiefeln. Bald fiel ihnen auf, dass Boden, Wände und Decke von Meter zu Meter stärker verrußt waren.
Bob studierte den Plan. »Wenn ich unsere Position mit der letzten Abzweigung vergleiche, sind wir bereits ganz schön weit gekommen. Überhaupt ist das Gebiet der Stollen insgesamt riesig und verschachtelt wie ein Labyrinth. Wir müssen nachdenken, Kollegen! Per Zufall werden wir auf überhaupt nichts stoßen.«
»Schauen wir uns noch einmal die Botschaft an, die Adam Reynolds seinem Bruder hinterlassen hat.« Justus zog einen zerknitterten Zettel aus seiner Hosentasche und las die Sätze ein weiteres Mal vor: *»Wenn dich wirklich interessiert, was damals in der Finsternis geschehen ist, kleiner Bruder, dann sieh im wahren Zentrum der Zentrumsstadt nach. Die Elfen sind die Wahrheit. Ach, würde es nur nicht brennen! Es hat so viel Zeit gekostet: Dreizehn Jahre, vierzehn Monate und fünfzehn Wochen.«*
»Das meiste davon haben wir inzwischen geklärt«, kommentierte Peter. »Die Zeitangabe bezieht sich auf die Zeit von Adam Reynolds' Gefangenschaft. Das Zentrum der Zentrumsstadt haben wir gefunden und wir wissen, dass sich Adam in der Nacht, als er gefangen genommen wurde, hier aufhielt. In Centralia. Der Hinweis auf den Brand und die Finsternis legt nahe, dass er die unterirdischen Stollen besucht hat, ehe man ihn verhaftete.«
»Und er hat hier etwas versteckt«, ergänzte Bob. »Wahr-

scheinlich seine Beute. In der Finsternis, wie er es nennt. Passende Bezeichnung, wenn ihr mich fragt. Unbestimmt und doch absolut zutreffend.«

Justus faltete den Zettel wieder zusammen. »Bleibt nur noch eines. Nämlich die Sache mit den Elfen. Das muss uns den entscheidenden Hinweis liefern, wo wir zu suchen haben! Denn Adam wollte, dass sein Bruder fündig werden kann. Deshalb hat er ihm diesen Brief hinterlassen. Er wollte aber auch, dass er sich Mühe geben und seinen Verstand anstrengen muss. Wo könnten hier unten Elfen existieren und in welcher Form? Statuen? Steinfiguren? Zeichnungen? Verflixt, was hat Adam Reynolds damit gemeint?«

Ja, was haben sagenhafte Wesen – mögen sie nun freundlich gesinnt sein oder nicht – mit einem Kohlebergwerk zu tun? Wusste der Verfasser der Rätselbotschaft, die die drei ??? erst quer durch Amerika und dann unter die Erde geführt hat, am Ende nicht mehr, was er schrieb?

Oder, auch das muss leider in Betracht gezogen werden, wollte er seinen zeitlebens verhassten Bruder nur in die Irre führen? Womöglich hat er sich ins Fäustchen gelacht, als er seinem Bruder den Brief schrieb. Führt dieser Fall unsere drei Detektive also tatsächlich nur in die Dunkelheit? Oder warten einige Elfen schon darauf, Licht in ebendiese Finsternis zu bringen?

Bobs Taschenlampe erlosch. »Hoffentlich nur die Batterie.« Die Stimme des dritten Detektivs klang gepresst. Er nahm seinen Rucksack ab. »Leuchtet mir mal.« Er beförderte zwei Batterien zutage und wechselte sie aus. Erleichtert atmete er aus, als danach die Lampe wieder hell strahlte.

»Lasst uns nachdenken«, bat Justus. »Adam Reynolds geht davon aus, dass das, was er hier unten versteckt hat, noch immer hier ist. Sonst hätte er den Brief an seinen Bruder nicht geschrieben.«

Peter grinste. »Seltsame Vorstellung, dass seit Jahrzehnten keiner mehr in diesen Gängen war, findet ihr nicht auch? Dieses Bergwerk ist wirklich perfekt, um etwas für lange Zeit zu verstecken. Außer wenn das Feuer sich ausbreitet.«

»Exakt das ist der springende Punkt!«, rief Justus. »Genau damit musste Adam auch gerechnet haben. Dennoch glaubte er, dass die Flammen es nicht zerstört haben. Was schließen wir daraus, Kollegen?«

»Hoffentlich nicht, dass wir wegen des Briefs eines Mannes, der sich einen schlechten Scherz erlaubt hat, in die Dunkelheit hinabgestiegen sind.«

»Nein! Sondern dass es ein Versteck geben könnte, dem auch das Feuer nichts ausmachen kann!«

»Und wo sollte das …« Bob unterbrach sich selbst. »Ein Feuerschutzraum? Gibt es so etwas hier unten?«

Justus zog den Lageplan erneut heraus. »Ich muss gestehen, dass ich wenig über die Sicherheitsvorschriften in einem Kohlebergwerk weiß. Aber …« Er stockte. Sein Zeigefinger fuhr die Legende entlang, die die verschiedenen Symbole auf der Karte erklärte. »Schaut euch das an!«

Peter und Bob versuchten zu erkennen, was ihren Freund so sehr begeisterte, doch die Fingerkuppe bedeckte es.

»Heureka!«, rief Justus.
»Heureka?«, wiederholte Bob skeptisch.
»Das ist ein berühmtes Wort eines alten Philosophen aus Griechenland. Man benutzt es heute als freudigen Ausruf nach der Lösung einer schweren geistigen Aufgabe. Es bedeutet …«
»Ich weiß, Just. ›Ich habe es gefunden.‹ Aber das hast du ja noch nie gesagt!«
»Ich war auch noch nie unter Tage und habe auf einem alten Lageplan herausgefunden, wie etwas einen Brand überstehen kann, der schon eine halbe Ewigkeit dauert.«
Peter verdrehte die Augen. »Das ist natürlich ein schlagendes Argument. Also … was hast du entdeckt?«
»Eine feuerfeste Rettungskammer!«
Anhand des Plans machten sich die drei ??? auf den Weg durch Kammern und Stollen. Die Orientierung fiel ihnen nicht leicht, aber es gab immer wieder Hinweise, die sie weiterführten.
Als sie schätzungsweise noch fünfzig Meter – oder zwei Querstollen – von der Rettungskammer entfernt waren, blieb Peter stehen. »Da vorn. Das gefällt mir gar nicht.« Er wies mit der Taschenlampe in die entsprechende Richtung. Vereinzelte Rauchschwaden trieben im Licht.
»Kein gutes Zeichen«, gab Justus zu. »Wir scheinen uns einem brennenden Gebiet zu nähern.«
»Macht kurz die Lampen aus«, forderte Bob. Seine Freunde verstanden sofort, worauf er hinauswollte. Einen Atemzug später standen die drei Detektive in absoluter Dunkelheit, wie man sie auf der Erdoberfläche so gut wie nie erlebte.

Meistens leuchtete ein einsames Licht in der Ferne, diffuse Helligkeit vom Mond oder wenigstens der Sterne am Firmament.

In den alten, seit Jahrzehnten verlassenen Stollen gab es all das nicht. Und doch blieb die Schwärze unter Tage nicht lange absolut. Ohne das störende Kunstlicht der Taschenlampen gewöhnten sich die Augen rasch an die Dunkelheit. So schälte sich in unbestimmbarer Entfernung, hinter den Rauchschwaden, ein düsteres, rotes Flackern aus dem Nichts.

Peter schaltete als Erster seine Lampe wieder ein. »Das ist ein Brandherd. Und natürlich liegt er genau in unserer Richtung.«

Justus hielt den Lageplan ins Licht. »Wie es aussieht, können wir ihn mit ein wenig Glück umgehen. Falls er sich nicht allzu weit erstreckt.«

»Das werden die Elfen schon verhindern«, scherzte Bob.

Peter fand das gar nicht komisch und lachte gekünstelt. Bei dem Gedanken an das Feuer fiel es ihm schwer, unter der Maske weiterzuatmen. Dennoch folgte er seinen Freunden, als sich diese wieder in Bewegung setzten.

Das Glühen gewann an Intensität, die Rauchschwaden nahmen an Dichte zu. Außerdem stieg die Temperatur, bis die Hitze unangenehm auf den unbedeckten Händen und im Gesicht an den Rändern der Atemschutzmasken brannte.

Justus berührte vorsichtig die Steinwand, in der rote und grüne Adern verliefen. »Fühlt mal! Das Gestein ist warm.«

»Ich finde das gar nicht so faszinierend wie du«, versicherte Bob. »Vielleicht ist die Wand nur dünn und dahinter brennt es. Ein Hohlraum, eine Kohleader, was weiß ich.«

Der Gang knickte ab und verzweigte sich. Peter schaute in beide Richtungen. Rechts brannte es, keine zwanzig Meter entfernt.
Und links starrte er völlig verblüfft auf die Gestalt der Diebin Amanda Dearing!

Katastrophe in der Dunkelheit

Eine Sekunde lang blieb Peter wie versteinert stehen. Amanda Dearing hielt eine Waffe in der Hand. Immerhin richtete sie sie nicht auf ihn, war aber wohl genauso verblüfft wie er, hier unten auf jemanden zu treffen.
Der Zweite Detektiv warf sich herum, rannte die wenigen Schritte bis zu seinen Freunden. »Weg hier! Die Dearing ist da und sie hat eine Waffe!«
»Halt!«, gellte der Schrei der Diebin durch den Gang.
Die drei ??? scherten sich nicht darum, sondern liefen zurück, so schnell es in dem engen Stollen möglich war. Gehetzt warf Peter einen Blick über die Schulter. Mrs Dearing verfolgte sie.
Die drei Detektive versuchten, ihr zu entkommen und sich in einem der Seitenstollen in der Dunkelheit zu verstecken. Wäre sie nicht bewaffnet gewesen, hätten sie schnell den Spieß umdrehen und ihre Verfolgerin angreifen können. Gegen eine bewaffnete Gegnerin allerdings waren sie machtlos.
Sie nahmen eine Abzweigung, eine zweite, gewannen etwas Abstand zu der Frau. Nun zahlte sich aus, dass sie sich in dem hinter ihnen liegenden Teil des unterirdischen Labyrinths ein wenig auskannten. Schließlich drückten sie sich in eine Nische und schalteten ihre Taschenlampen ab.
Mit dem Rücken lehnten sie sich an den Fels. Der Grubenanzug hatte ihnen bislang guten Schutz geboten, doch jetzt spürten sie, wie Feuchtigkeit hindurchdrang. Oder war es nur die Kälte des Gesteins?

Die drei ??? atmeten schwer unter ihren Masken. In der völligen Dunkelheit und Stille kam es ihnen überlaut vor, sie glaubten, sich allein durch das rasende Klopfen ihres Herzens verraten zu können.
Sie lauschten, hörten die Geräusche ihrer Verfolgerin. Offenbar versuchte sie, sich möglichst leise vorwärtszubewegen. Wegen der seltsamen Akustik unter Tage konnten die Jungen nicht einschätzen, wie weit Mrs Dearing noch entfernt war. Alles hallte dutzendfach wider, der Schall schob sich eigenartig verzerrt durch die langen Stollen.
Da es jedoch völlig dunkel blieb, lag der Verdacht nahe, dass Amanda Dearing mindestens hinter der nächsten Abzweigung nach ihnen suchte. Der Schein ihrer Lampe hätte sonst auffallen müssen. Oder hatte sie diese ebenfalls ausgeschaltet und wartete darauf, dass sich die drei ??? verrieten?
»Was jetzt?«, wisperte Justus.
»Sie hat eine Pistole«, flüsterte der Zweite Detektiv ebenso leise zurück. »Wenn sie damit hier unten zu schießen anfängt – wer weiß, was dann passiert! Du hast doch vorhin die ›Stützen‹ gesehen.«
Bob ächzte. »Wir können aber auch nicht ewig hier in der Dunkelheit stehen und uns verstecken.«
»Vor allem«, ergänzte der Erste Detektiv, »müssen wir sicher sein, dass sie uns nicht verfolgt, wenn wir zum Schutzraum gehen. Wir dürfen ihr nicht ungewollt den Weg dorthin zeigen.«
»Wie kommt sie überhaupt hier runter? Woher weiß sie Bescheid?«
»Vielleicht ist sie uns gefolgt«, vermutete Justus. »Oder hat

selbst die Lösung gefunden. Wir können nur hoffen, dass wir sie jetzt abgehängt haben. Wir müssen einen Weg zu diesem Feuerschutzbunker finden. Am Brand vorbei und ohne dass Mrs Dearing uns entdeckt.«

Sie warteten noch einige Zeit in der Dunkelheit ab. Es kam ihnen wie Stunden vor. Schließlich schaltete Bob seine Taschenlampe an, dämpfte den Strahl aber mit seiner Hand.

Sie versuchten, auf dem Plan ihre aktuelle Position zu bestimmen, was einige Zeit dauerte – bei der Flucht hatten sie nicht genau darauf geachtet, welchen Weg sie genommen hatten.

Bald fanden sie sich jedoch zurecht und machten sich auf den Weg. Er führte durch etliche Stollen. Auf Mrs Dearing trafen sie zum Glück nicht mehr. Sie achteten aber so genau wie nur möglich auf ihre Umgebung, linsten in abzweigende Gänge, schauten immer wieder hinter sich. Dank des Lageplans kamen sie ihrem Ziel rasch näher.

Der Schutzraum erwies sich als ein extrem stabil aussehender Metallcontainer, der in einer genau passenden, eigens ausgehöhlten Nische stand. Sie war an einer Kreuzung zweier breiterer Tunnel am Rand einer kleinen, etwa fünf mal fünf Meter messenden Höhle in den Fels geschlagen worden. Die Außenwände des Containers waren schwarz und verkohlt.

Eigentlich diente ein Schutzraum wie dieser als Zufluchtsstätte im Fall eines Grubenunglücks. Wenn etwa Gänge einstürzten, bot der Metallcontainer eine zumindest halbwegs sichere Rückzugsmöglichkeit. Für Brände, die wochen- oder gar monatelang in direkter Nähe loderten, war er aber selbstverständlich nicht ausgelegt.

Justus klopfte mit dem Zeigefingerknöchel gegen die Wand neben der Eingangstür. Es klang hohl. Die Berührung hinterließ ein verschmiertes Loch in der allgegenwärtigen Rußschicht. »Offenbar hat das Feuer genau hier einige Zeit lang gebrannt und den Container schwer in Mitleidenschaft gezogen.«

»Dann werden wir sehen, ob das Innere des Schutzraums heil geblieben ist.« Peter fasste nach dem Drehgriff, um den Einstieg zu öffnen. »Besonders vertrauenerweckend sieht das Ding ja nicht gerade aus.«

Die Luft in diesem Bereich des Bergwerks war merklich heißer. Als die drei ??? an dem Container vorbei in den Stollen blickten, sahen sie es dort unheilvoll glimmen. Der schwache Lichtschein war fast völlig hinter Rauchschwaden verborgen. Ohne Schutzmasken wäre es wohl unmöglich gewesen, so nahe an einem der Kohlebrände zu atmen. Aber sie merkten auch so, dass die ohnehin muffige Luft viel schlechter wurde. Oder bildeten sie sich das nur ein?

Peter versuchte, den Griff zu drehen, doch er ließ sich keinen Millimeter bewegen. Der Zweite Detektiv rüttelte daran. Ruß und Asche rieselten hinab. Metall quietschte und knarrte. Plötzlich ruckte die Tür knarrend einige Zentimeter nach innen, ehe sie sich verhakte.

»Offenbar hat sich alles wegen der extremen Hitze über die lange Zeit des Brandes verzogen oder verformt.« Justus versuchte, mit seiner Taschenlampe ins Innere des Überlebenscontainers zu leuchten. Durch den Spalt hinter der handbreiten Außenwand konnte er jedoch nichts erkennen.

Peter drückte noch einmal gegen die Tür, doch erst als Bob

ihm half, knackte es laut und die Tür schwang endgültig nach innen. Das geschah so abrupt, dass die beiden Detektive vorwärtstaumelten und Bob völlig den Halt verlor. Er ruderte mit den Armen und landete auf dem Hosenboden.

»Gut gemacht«, sagte Justus beiläufig, ohne sich umzudrehen. Er leuchtete in den Container. Dort sah es erstaunlich sauber aus. Keine Spur von Feuer oder Asche. Zwischen den Regalen an den Wänden bildete ein kleiner Tisch das einzige Möbelstück, abgesehen von zusammengeklappten Stühlen am anderen Ende des mindestens fünf Meter tiefen Raumes.

»Ja, gut gemacht!«, ertönte plötzlich eine raue, aggressive Stimme hinter den Jungen.

Justus wirbelte herum, auch Bob kam wieder auf die Füße.

»Conrad!«, rief Peter fassungslos.

Der grobschlächtige Kerl, der sie im abbruchreifen Hotel ausgetrickst hatte, hielt jetzt eine Pistole in der Hand. Mit der Linken stieß er Amanda Dearing brutal in den Rücken, dass sie auf den Container-Schutzraum und damit auf die drei ??? zutaumelte.

»Ihr werdet jetzt hübsch von hier verschwinden. Alle vier!«, sagte er grob. Conrad hob die Waffe und zielte damit abwechselnd auf einen der Jungen und die Diebin. »Es sei denn, ihr wollt gleich für immer hierbleiben. Bei den Skeletten, die noch immer hier unten verstreut liegen, fallen ein paar mehr gar nicht auf …«

»Rein in den Schutzcontainer!« Der Zweite Detektiv holte mit seiner Taschenlampe aus und schleuderte sie ihrem Gegner entgegen.

Offenbar völlig verblüfft wich er aus und schoss. Die Kugel

krachte irgendwo an die Decke, richtete aber nicht mehr aus als einen kurzen Funkenschlag. Peters ebenso verzweifelte wie kühne Aktion verschaffte ihnen die Sekunden, die sie brauchten.

Niemand verlor einen Augenblick, alle folgten dem Vorschlag des Zweiten Detektivs. Justus stand so nah an der Tür, dass er als Erster in den Container sprang. Bob packte die sichtlich verwirrte Amanda Dearing und zog sie mit sich. Peter sprang nur einen Wimpernschlag später ebenfalls in den Schutzraum und rammte die Tür hinter sich zu.

Drinnen schnappte er nach Luft, während sich der Anführer der drei ??? an dem Schloss zu schaffen machte und es verriegelte. Er rückte den Tisch aus der Mitte des Raumes vor die Tür und verbarrikadierte sie notdürftig.

»Und jetzt?«, fragte Bob.

»Keine Ahnung«, musste Peter gestehen. »Ich hab nicht nachgedacht, was wir tun sollen, wenn wir erst einmal …«

»Du hast uns alle vor diesem Irren gerettet«, unterbrach Mrs Dearing. »Der wäre imstande gewesen, tatsächlich auf uns zu schießen.«

»Das *hat* er«, betonte Justus. »Nur dass er den Schuss völlig verrissen hat, als Peter seine Lampe auf ihn warf. Das war übrigens ganz schön gefährlich, Zweiter.«

»Ich … ich hab nicht nachgedacht«, wiederholte Peter.

Ihr Gegner rüttelte von außen an der Tür. Weil der Container in die Nische eingepasst war, bot der Eingang tatsächlich die einzige Möglichkeit einzudringen. Sie mussten die Tür also um jeden Preis verteidigen.

»Wer ist dieser Kerl?«, fragte Bob.

»Vielleicht sollte ich euch zuerst sagen, wer ich …«
»Sie sind Adam Reynolds' Tochter«, unterbrach Peter ihre Mitgefangene. »Und Sie machen dem schwarzen Schaf der Familie alle Ehre! Dieselbe Verbrecherin wie Ihr Vater! Auch wenn Sie sich mit dem dort draußen offenbar nicht ganz so gut verstehen. Das ist uns schon oben in Centralia aufgefallen.«
»Es tut mir leid«, sagte Amanda Dearing. »Ein Missverständnis! Ich erkläre es euch später. Ich wollte nicht …«
»Raus mit euch, dann lasse ich euch gehen«, brüllte ihr Gegner. »Wenn ihr Dummheiten macht, durchlöchere ich die Containertür! Ich gebe euch fünf Minuten zum Nachdenken, dann könnt ihr euer Testament machen, wenn ihr nicht zur Vernunft kommt!«
Amanda Dearing wurde bleich. Ihre Zunge fuhr über die Lippen, die Finger nestelten in ihrem Haar. »Sein Name ist Conrad Nash. Er ist Privatdetektiv. Ich habe ihn engagiert.«
»Ein Detektiv? Seine Methoden scheinen mir nicht besonders gesetzestreu«, kommentierte Justus auf seine typisch altkluge Art.
Mrs Dearing nickte hastig. »Genau deshalb habe ich mich mit ihm zerstritten, ehe er mir die Waffe abgenommen und mich zu euch gestoßen hat. Wir …«
»Vier Minuten!«, tönte es von draußen, gefolgt von einem Krachen, als Nash offenbar vor Zorn gegen die Außenwand des Containers trat.
»Mrs Dearing, wir haben keine Zeit für Erklärungen! Wir müssen handeln!« Justus sah sich um. Ringsum an den Wänden standen gut gefüllte Metallregale: Überlebensausrüstun-

gen, abgepackte Notfallrationen, Behälter mit Wasser, Sauerstoffflaschen, Decken, Erste-Hilfe-Kästen, Feuerlöscher …

»Was willst du tun?«

»Na was wohl? Wir brechen aus und zeigen diesem Nash, was eine Harke ist!«

»Junge«, sagte Mrs Dearing ängstlich, »er hat eine Waffe!«

»Na und? Wir auch!« Justus hob einen der Feuerlöscher aus dem Regal. »Sogar jeder von uns, wenn wir wollen!«

»Ein … Feuerlöscher?«, fragte Peter. »Das ist nicht dein Ernst!«

»Oh doch!« Der Anführer der drei ??? testete ihn. Trotz des Alters funktionierte er tadellos. Löschschaum spritzte aus der Düse.

Von draußen war laut und vernehmlich ein »Drei Minuten« zu hören. »Oder wollt ihr lieber da drin verrotten?«

Justus schaute sich im Licht seiner Taschenlampe um. »Wir müssen improvisieren. Folgender Plan: Wir kapitulieren. Wenn Nash Privatdetektiv ist, wird er nicht sofort schießen.« Er knetete seine Unterlippe. »Sie öffnen, Mrs Dearing, gehen als Erste raus und lenken ihn ab. Wir drei bewaffnen uns mit Feuerlöschern und greifen ihn damit an. Das kann nur funktionieren, wenn wir ihn überraschen. Außerdem muss er nahe genug stehen.«

Amanda Dearing straffte ihre Haltung. »Dafür sorge ich.«

»Und wenn wir ihn außer Gefecht gesetzt haben, werden Sie uns einiges erklären müssen!«

»Versprochen.« Sie ging näher an die Tür. »Mr Nash?« Sie sprach gerade so laut, dass er es hören konnte – wenn er nahe genug am Container stand.

»Was ist?«, schnauzte der Privatdetektiv.
Bob und Peter schnappten sich ebenfalls einen Feuerlöscher, während sich Justus anderswo an den Regalen zu schaffen machte.

Justus scheint im Moment die besten Nerven zu besitzen, nachdem Peter vor dem Schutzraum für eine Überraschung gesorgt hatte. Es ist eben doch gut, wenn man im Team unterwegs ist und einer den anderen ergänzen kann.
Aber wonach mag der Erste Detektiv in den Regalen suchen? Etwa nach Hinterlassenschaften der geheimnisvollen Elfen, deren Rolle in diesem Fall immer noch nicht geklärt ist? Aber diese mythischen Wesen verkriechen sich wohl kaum in einem Metallcontainer … selbst dann nicht, wenn es sie geben würde … oder doch? Justus jedenfalls hat seinen kühlen Verstand trotz der akuten Gefahr nicht ausgeschaltet.

»Wir sind bereit, uns zu ergeben, wenn Sie uns garantieren, dass Sie uns gehen lassen«, sagte Mrs Dearing durch die nach wie vor geschlossene und verbarrikadierte Tür, so leise, dass ihr Gegner sich nicht weiter entfernen konnte.
»Hab ich euch das nicht schon angeboten?« Conrad Nash lachte gehässig. »Ihr verschwindet und ich kassiere!«
»Uns geht es nur darum, zu überleben!«
»Dann kommt raus!«
»Wir müssen den Tisch wegschieben.« Sie warf den drei ??? einen auffordernden Blick zu.

Justus nickte. Sie standen im toten Winkel bereit, sodass sie von außen nicht sofort gesehen werden konnten. Amanda Dearing packte das Möbelstück und schob es zur Seite. Sie atmete tief ein – und öffnete.
Die drei ??? hoben die Feuerlöscher. Mrs Dearing trat aus dem Container, Conrad Nash entgegen. Der grinste schmierig. »Dort rüber, los! Und danach diese Mistmaden von lästigen Kindern!«
Justus, Peter und Bob sprangen gleichzeitig ins Freie …
… und drückten zu.
Die drei Feuerlöscher traten in Aktion und sprühten ihren Inhalt mit hohem Druck dem verbrecherischen Privatdetektiv entgegen. Die drei ??? zielten Mr Nash genau ins Gesicht. Blind riss er den Arm hoch und feuerte erneut. Diesmal durchschlug die Kugel die Außenwand des Rettungscontainers.
Während Peter geduckt an ihren Gegner heraneilte, sprühten Justus und Bob weiter. Conrad Nash ruderte mit den Armen, hustete und würgte. Peter trat ihm gegen den Waffenarm, doch Nash ließ sich davon nicht abhalten. Wieder schoss er blindwütig ins Leere und dann noch ein drittes Mal. Der Zweite Detektiv warf sich zu Boden und robbte aus der Gefahrenzone.
Nash wischte sich mit dem Arm über das Gesicht und befreite sich so weitgehend von Löschschaum. Mit eigenen Augen konnte er sehen, welche Katastrophe er ausgelöst hatte.
Die beiden letzten Schüsse hatten etwas Gestein von der Decke gelöst. Im nächsten Moment rieselte Staub in die Tiefe, dann schien mit einem Krachen die ganze Welt unterzuge-

hen. Steine donnerten in die Tiefe – ein Felssturz, der immer schlimmer werden und alles unter sich begraben konnte! Es rumorte und donnerte, Steine rumpelten und krachten auf den Boden. Mrs Dearing schrie. Auch den drei ??? war klar, was die Stunde geschlagen hatte.

Der Stollen stürzte ein!

Die Elfen sind die Wahrheit

Conrad Nash schrie auf, warf sich herum und rannte zurück in den Stollen.

Ein weiterer Träger gab knirschend nach und schmetterte auf den Boden. Eine Staubwolke folgte, dann das Prasseln kleiner Steine, die zu Boden regneten.

»Wir müssen hier raus!«, rief Peter. »Der ganze …« Seine weiteren Worte gingen im Lärm eines gewaltigen Einsturzes unter. Ein Gesteinsbrocken von mindestens einem Meter Durchmesser krachte in den Gang, den Nash eben noch passiert hatte. Im nächsten Augenblick sackte dort alles in sich zusammen.

Amanda Dearing lehnte mit schockgeweiteten Augen an der Containerwand. Bob packte sie am Arm, zerrte sie mit sich. »Raus hier!« Alles andere zählte nicht mehr.

Zurück in den Schutzraum konnten sie nicht. Selbst wenn sie darin den Einsturz überleben sollten, wären sie danach für immer eingesperrt.

Justus versuchte trotz der Panik, die in ihm hochkroch, einen klaren Kopf zu bewahren. Den Weg, auf dem Nash geflohen war, konnten sie unmöglich nutzen. Die Gegenrichtung führte nur tiefer in das Gewirr der Stollen. »Rechts«, schrie der Erste Detektiv gegen den Lärm des einstürzenden Bergwerks an. »Wir müssen nach rechts!«

Seine beiden Kollegen folgten der Aufforderung sofort. Bob zog Mrs Dearing mit sich. Dabei fiel die Taschenlampe des dritten Detektivs zu Boden. Sie blitzte ein letztes Mal auf,

dann erlosch sie. Bob ließ sie liegen. Es musste auch ohne sie gehen. Die anderen trugen noch Lampen bei sich.
Hinter den Flüchtenden donnerte weiterhin mit infernalischem Lärm Gestein in die Tiefe. Die Stollen brachen in sich zusammen. Staubwolken peitschten an den drei ??? und ihrer Begleiterin vorüber.
Zu viert rannten sie teils neben-, teils hintereinander – so, wie es in den engen Stollen möglich war. Irgendwann verebbte der Lärm. In Justus' Ohren rauschte und dröhnte es immer noch.
»Wie konnte er das nur tun?« Amanda Dearings Stimme klang erstickt. »Nash hat uns eiskalt zurückgelassen! Wir hätten alle sterben können!«
»Wir sind noch nicht außer Gefahr!«, betonte Bob. »Der Einsturz kann sich jederzeit ausweiten. Ganz zu schweigen davon, dass wir irgendwie aus diesem Labyrinth herauskommen müssen. Was, wenn der Weg überall versperrt ist?«
Justus ließ sich von den düsteren Überlegungen nicht beirren. »Wir müssen ruhig bleiben. Ich habe einen Plan der ganzen Stollen! Wir werden einen Weg finden.«
Mrs Dearing starrte ihn mit zitternden Händen an. »Weißt du denn, wo wir sind? Ich habe nicht darauf geachtet, als wir um unser Leben gerannt sind!«
»Ich ebenfalls nicht«, musste Justus zugeben. »Aber mit dem Plan können wir uns orientieren, da bin ich mir ganz sicher.« Er versuchte seiner Stimme einen zuversichtlichen Klang zu verleihen. In einer Situation wie dieser half nur nüchterne Logik gegen die Angst. Er musste seinen Verstand über die Gefühle stellen, durfte die Nerven nicht verlieren.

Doch das war leichter gesagt als getan.
Der Erste Detektiv breitete den Plan aus. Peter gab ihm Licht. Gemeinsam versuchten sie, ihre Position zu bestimmen. Zunächst waren sie von dem Schutzraum aus rechts abgebogen, also in östlicher Richtung, daran erinnerte sich Justus noch. Er fuhr mit dem Finger den entsprechenden Weg entlang.
»Hört ihr?«, fragte Peter. »Es ist still geworden.«
Mrs Dearing massierte sich mit den Daumen beide Schläfen. »Wir dürfen uns nicht in Sicherheit wiegen. Es kann jederzeit wieder losgehen. Die Brände haben die Stabilität der Stollen massiv beeinträchtigt. Ihr habt ja alle die verbogenen Stahlträger gesehen. Da reicht es dann schon, dass dieser irre Nash um sich schießt, und es kommt zur Katastrophe.«
Der Anführer der drei ??? tippte demonstrativ auf den Plan: »Konzentrieren wir uns darauf, wie wir hier rauskommen.«
»Hier, Just!« Peter zeigte auf die erste Verzweigung auf ihrem Fluchtweg. »Dort sind wir nach links und später geradeaus.«
»Nicht geradeaus!«, behauptete Bob. »Da war diese riesige Pfütze, ich bin voll reingetreten, deshalb erinnere ich mich noch genau. Wir sind an der Stelle wieder nach links.«
Sie diskutierten noch eine Weile weiter, bis alle übereinstimmten, ihre aktuelle Position gefunden zu haben. Von dort aus war es zumindest theoretisch mithilfe des Plans leicht, den Ausstieg aus dem Bergwerk zu finden.
Sie fassten neuen Mut und marschierten los. Die Strahlen der verbliebenen Taschenlampen strichen über dunkles Gestein.
»Ich muss mich noch einmal bei euch entschuldigen«, sagte

Amanda Dearing wenig später. »Genau genommen ist all das meine Schuld!«
»Nash hat geschossen«, widersprach Justus. »Er hat den Einsturz ausgelöst.«
Sie verschränkte die Arme vor der Brust. »Und ich habe ihn engagiert! Wenn ich daran denke, dass ich diesem Kerl auch noch die Reise bezahlt habe!« Jedes der Worte bebte vor Zorn.
»Fühlt ihr das auch?«, fragte Peter. »Diese Hitze!«
Im Schein der Lampen waberte frischer Rauch in der Luft. Mit jedem Schritt wurde es wärmer. Die drei ??? und ihre Begleiterin näherten sich einem der unterirdischen Feuer. Niemand sprach aus, was alle wussten. Wenn sie diesen Weg nicht nehmen konnten, waren sie eingesperrt! Die kleinen Abzweigungen und Seitenstollen in diesem Teil des Bergwerks waren alle Sackgassen.
Ihnen allen trat der Schweiß auf die Stirn, als sie das Feuer mit eigenen Augen entdeckten. Eine der Seitenwände glühte förmlich, vereinzelte Flammen leckten über die Wände. Der Rauch stieg nahezu senkrecht in die Höhe und verschwand dort.
Justus hob seine Taschenlampe. Eine winzige Öffnung im Gestein nahm den Qualm auf. Ein solcher natürlicher Kaminschacht konnte bis an die Oberfläche führen.
Peter starrte mit leicht schräg gehaltenem Kopf ins Feuer. »Seht ihr das? Wir kommen vorbei, wenn wir geschickt vorgehen! Das Feuer brennt vor allem in einer seitlichen Nische.«
Bob war davon ganz und gar nicht überzeugt. »Aber die Flammen schlagen in den gesamten Durchgang!«

»Nur hin und wieder. Zumindest wir drei tragen Grubenanzüge und Helme. Wenn wir vorbeirennen, kann uns eine Flamme auch im ungünstigsten Fall nur kurz streifen. Wir können das schaffen!«

»Nein.« Mrs Dearing schüttelte kaum merklich den Kopf. »Wir können nicht nur, wir *müssen*!«

Die drei ??? warfen sich unbehagliche, aber entschlossene Blicke zu. Sie hatten schon ganz anderes gemeistert!

Peter trat vor. »Ich gehe zuerst, dann seht ihr, dass es ganz leicht ist.«

Bob räusperte sich vernehmlich. »Glaubst du?«

Der Zweite Detektiv zögerte. »Nein. Aber ich gehe trotzdem zuerst.« Ohne ein weiteres Wort zu verlieren, rannte er los, auf das Feuer zu.

Er drückte sich bei dem Spurt fast an die gegenüberliegende Wand. Als die Flammen quer durch den Stollen schlugen, schrie er auf, stoppte aber nicht. Stattdessen sprang er. Die Flamme strich über seinen Grubenanzug. Er spürte nichts davon. Es war, wie wenn man den ausgestreckten Zeigefinger rasch durch die Flamme einer brennenden Kerze zog. War man schnell genug, geschah nichts; war man jedoch zu langsam, wurde es schmerzhaft.

Hinter dem brennenden Bereich blieb er stehen, atmete tief durch und rief seinen Kollegen und Mrs Dearing »Alles in Ordnung« zu.

So weit, so gut. Die Flucht scheint den Freunden tatsächlich zu gelingen. Aber was ist mit Conrad Nash und vor allem – wird das Rätsel um Adam Reynolds nun für immer im wahrsten Sinne des Wortes »im Dunkeln bleiben«? Rund um den Schutzraum ist alles eingestürzt, keiner wird noch dorthin vordringen können.

Sollte dieser Fall der drei ??? tatsächlich ungelöst bleiben? Daran mag ich kaum glauben, aber selbst der beste detektivische Spürsinn kann nun wohl nichts mehr ausrichten.

Allen gelang es, die Flammen ohne Zwischenfälle zu durchqueren. Auch der weitere Weg verlief problemlos. Als sie laut der Karte nicht mehr weit von ihrem Ziel entfernt waren, sprach Mrs Dearing aus, was ihr wohl schon die ganze Zeit über auf dem Herzen lag. »Bei alldem tut mir eines besonders leid.«

»Und das wäre?«, fragte Bob.

»Dass ich nun nie das Geheimnis lüften kann, das mein Vater hinterlassen hat.«

Der Erste Detektiv grinste siegessicher. »Aber wieso nicht?«

»Wohin immer er uns führen wollte, es war in dem Schutzcontainer verborgen, oder etwa nicht? Wir können nie mehr zurück.«

»Das müssen wir auch nicht!«

Peter und Bob blieben gleichzeitig stehen. »Was meinst du damit, Just?«, fragte der dritte Detektiv.

»Ich habe das Rätsel bereits gelöst.« Der Erste Detektiv sagte es in einem Tonfall, als wäre es das Normalste der Welt. »Wisst ihr es denn nicht? *Die Elfen sind die Wahrheit!*«

»Ja klar«, meinte Bob. »Das stand in der Botschaft, aber …«

»Nichts aber! Wir haben die ganze Zeit über an irgendwelche Fabelwesen gedacht, aber die gab und gibt es in diesem Bergwerk selbstverständlich nicht. Im Schutzraum allerdings gab es sehr wohl Elfen.«

»Du … du spinnst ja«, entfuhr es Peter.

Justus ging nicht darauf ein. »Aber es waren keine Fabelwesen, sondern eine ganz andere Art von ›Elfen‹. Nämlich Zahlen! Versteht ihr? Elf-en! Genau zwei davon.«

»Du hast wirklich etwas entdeckt?«, rief Amanda Dearing fassungslos.

»Ja. In den Regalen gab es zwei Reihen Notpakete. Nummeriert jeweils von eins bis zwanzig. Also gab es auch zwei Pakete mit der Ziffer Elf. Angenommen, Adam Reynolds war dort unten im Schutzraum, und daran zweifle ich nicht, und weiter angenommen, er würde irgendetwas verstecken wollen, wo könnte er das besser tun als ganz offen vor aller Augen?«

Peter pfiff durch die Zähne. »Natürlich! In einem Notpaket, das getrocknete Nahrung und Wasser für den Fall enthält, dass Bergleute in dem Schutzraum eingeschlossen werden. Ein solches Paket wird Wochen und Monate, vielleicht sogar jahrelang liegen bleiben, ohne dass jemand es anrührt. Adam Reynolds wollte irgendwann zurückkommen und sich wieder holen, was er versteckt hatte. Nur machten ihm erst seine Verhaftung und danach das Feuer einen gehörigen Strich durch die Rechnung.«

Justus deutete triumphierend auf seinen Rucksack. »Genau so ist es, Kollege. Ich habe die beiden Notpakete mit der Nummer elf eingesteckt. Sobald wir in Sicherheit sind, können wir uns anschauen, was Adam Reynolds in der Nacht seiner Verhaftung so gut versteckt hat, dass es so viele Jahre niemand gefunden hat …«

Was damals in der Finsternis geschah

Als sie den senkrechten Schacht erreichten, wartete etwas auf sie, das sie zunächst für eine böse Überraschung hielten. Als sie näher herangingen, erkannten sie jedoch, dass sie so böse gar nicht war.

Conrad Nash war die Flucht nicht ganz gelungen. Er hatte einen anderen Weg gewählt als die drei ??? und war sogar vor ihnen am Fuß des Ausstiegs angekommen. Aber auf seiner Route waren hinter ihm nach und nach die Stollen eingestürzt! Erst zehn Meter vor der Sprossenleiter war das Gestein zur Ruhe gekommen.

Zu seinem Glück war Nash nur halb von kleinerem Geröll begraben worden. Aus eigener Kraft konnte er sich nicht befreien, sein rechtes Bein war gebrochen. Seine Waffe lag unter dem Schutt, unerreichbar für ihn. Die Taschenlampe war zerbrochen, er hatte zuletzt in völliger Dunkelheit gelegen.

»Das war knapp«, sagte Peter. »Was da alles runtergekommen ist! Wenn das noch bis zum Fuß der Sprossenleiter so weitergegangen wäre … Wer weiß, wie wir dann rausgekommen wären.«

Den drei ??? und ihrer Begleiterin gelang es zwar, Nash freizulegen, doch mit seinem gebrochenen Bein konnte er unmöglich die Trittstufen hinaufsteigen. Huckepack nehmen konnte ihn selbst Peter nicht, dafür war Conrad Nash zu schwer.

»Da bleibt nur eines«, entschied Justus. »Wir werden so schnell wie möglich einen Rettungsdienst organisieren, wenn wir oben sind. Zu Ihrem Glück haben wir Handys dabei, Mr Nash, und die funktionieren in Centralia meistens ziemlich gut, obwohl wir im abbruchreifen Hotel das Gegenteil behauptet haben, um Sie zu täuschen. Ach ja, und die Polizei wird ebenfalls hier auftauchen.«
Nash war einverstanden. Was blieb ihm auch anderes übrig? Er betonte, dass alles besser sei als die Angst, die ihn in seiner Hilflosigkeit inmitten der Schwärze geplagt hatte.
Eine Viertelstunde später konnten die drei ??? ihre Schutzmasken endlich abnehmen. Justus wählte die Nummer des Exkommissars, und Samuel Reynolds versprach, sofort alles Nötige zu organisieren.

Der Rettungswagen hielt so nahe wie möglich. Zwei Männer schleppten Seile und eine Tragevorrichtung Richtung Kaue. Dem Polizeiwagen, der wenig später angefahren kam, entstieg zuerst Samuel Reynolds. Ihm folgten zwei Polizisten in Uniform, die sich auf ganz andere Art als die Rettungskräfte um den verletzten Conrad Nash kümmern würden.
Reynolds hingegen eilte zu den drei ???. »Ihr habt den Fall also wieder einmal gelöst!«
»Noch nicht ganz!« Justus zog seinen Rucksack ab. »Wir haben extra auf Sie gewartet. Sie sollen dabei sein, wenn wir das Vermächtnis Ihres Bruders nach einem halben Jahrhundert ans Licht bringen.« Er holte die beiden mit »11« beschrifteten Notfallpakete heraus.
»Warte noch einen Augenblick«, bat Samuel Reynolds.

»Meine Nichte soll ebenfalls dabei sein. Sie hat es sich verdient, auch wenn sie zunächst nicht ganz den richtigen Weg gewählt hatte. Dass sie sich zuletzt gegen Nash und seine rabiaten Methoden entschieden hat, spricht für sie.«
Amanda Dearing hatte Mr Reynolds letzte Worte gehört. Mit gesenktem Kopf trat sie zu ihnen. »Werden …« Sie zögerte. »Wirst du mich anzeigen?«
»Nicht, wenn es sich vermeiden lässt«, stellte Reynolds sofort klar. »Ich bedauere zutiefst, dass wir uns nie kennengelernt haben. Immerhin bist du meine Nichte.«
»Und du bist Onkel Samuel, von dem ich fast nie etwas gehört habe.«
»Ein Familientreffen hat ja durchaus etwas für sich«, meldete sich Bob zu Wort. »Aber bin ich der Einzige, der jetzt endlich wissen will, was in diesen verflixten Paketen steckt? Und was damals in der Finsternis wirklich geschehen ist?«
»Ganz sicher nicht!« Justus öffnete das erste Paket, indem er die Verschlussknöpfe drehte und dann den Deckel abhob. Zum Vorschein kam …
»Haufenweise Geld!«, rief Peter begeistert. »Guckt euch die Bündel an! Das muss die Beute aus dem damaligen Bankraub sein!«
Justus legte die Scheine beiseite. »Da ist noch mehr!« Mit diesen Worten zog er einen dicken, vergilbten Briefumschlag heraus. Darauf stand in geschwungener Handschrift eine eindeutige Botschaft: »Der wahre Schatz«.
Der Erste Detektiv reichte den Umschlag an Samuel Reynolds weiter, der wohl als der eigentliche Adressat gelten konnte.

Dieser musterte kurz den Schriftzug. »Es ist die Handschrift meines Bruders.« Mit fahrigen Bewegungen riss er den Umschlag auf.
Zum Vorschein kamen Briefe. Reynolds las kurz hinein und hob dann verwirrt den Blick. »Das sind die Liebesbriefe, die sich mein Bruder und seine Frau geschrieben haben.«

Eine Stunde später saßen sie zu fünft im engen Hotelzimmer der drei ??? und quetschten sich auf die Betten. Alle hatten die höchst ungewöhnliche Lektüre der Briefe beendet.
»Es ergibt sich ein klares Bild«, zog Justus ein Resümee: »Adam Reynolds hat die Bank überfallen – und sein Komplize war niemand anderes als seine Frau, die junge Lehrerin, die so ehrbar schien.«
»Meine Mutter«, sagte Amanda Dearing leise.
In den Briefen hatten die beiden Diebe festgehalten, wie sie den großen Coup durchführen wollten. Ihre Planung hatten sie geschickt zwischen Liebesbotschaften versteckt und es später wohl nicht übers Herz gebracht, die Briefe einfach zu vernichten. Nach seiner Flucht hatte Adam die Briefe deswegen zusammen mit der Beute versteckt.
»Mein Vater wurde verhaftet«, sagte Amanda Dearing, »und büßte im Gefängnis, während meine Mutter nie enttarnt worden ist. Vater hat all die Jahre geschwiegen und sie nie verraten, obwohl ihm für diesen Fall Strafminderung angeboten worden war.«
»Kein Wunder, dass er danach zu ihr zurückkehrte«, kommentierte Bob. »Er muss sie wirklich geliebt haben.«
Amanda nickte. »Und sie ihn. Sie hat mir von ihren gegen-

seitigen Liebesbriefen sogar einmal erzählt, als ich noch ein Kind war. Mein Vater hat die Briefe seinen wahren Schatz genannt … genau, wie es auf dem Umschlag steht. Mutter hatte mir sogar erzählt, dass Vater sie dabeihatte, als er den Bankraub begangen hat. Für den Fall, dass etwas schiefging und er nicht mehr nach Hause zurückkehren konnte, wollte er sie bei sich haben, hat meine Mutter gesagt, so verräterisch sie auch waren. Aber erst jetzt verstehe ich das so richtig. Im Fall der Fälle hätten sie ihre Wohnung tatsächlich aufgeben müssen, denn Mutter war damals bei dem Raub auch mit dabei. Aber das hat sie mir natürlich nie erzählt.«

»Aus gutem Grund«, sagte Justus. »Haben Sie von der Beute gewusst?«

»Natürlich. Vater hat stets gesagt, dass sie irgendwo versteckt liegt und dass niemand sie jemals finden würde. Als er aus dem Gefängnis entlassen wurde, wollte er sie zunächst holen, aber er ist zurückgekommen und hat gemeint, dass das im Moment nicht möglich wäre. Nun wissen wir, warum.«

»Das Feuer hat im Bergwerk rund um den Schutzcontainer gewütet.«

Sie nickte. »Später hat er dann kein Interesse mehr an dem Geld gehabt. Es habe ihm zu viele Jahre seines Lebens geraubt, hat er gesagt, und dass er ohne das Geld glücklicher gewesen wäre. Er habe schließlich alles, was er brauche – seine Freiheit und seine Familie.«

Samuel Reynolds rieb sich über die Bartstoppeln am Kinn. »Das klingt sehr vernünftig und gar nicht nach Adam.«

»Du hast ihn nicht gekannt!«, widersprach seine Nichte. Ihr Onkel hatte bereits versichert, in ihrem Fall auf eine Anklage zu verzichten. Conrad Nash allerdings war zu weit gegangen und würde sich verantworten müssen.

»Als Mutter gestorben ist, hat sie als Letztes zu mir gesagt, dass nun, nach ihrem Tod, unser aller Gewissen erleichtert werden würde, weil zumindest Adams Bruder die Wahrheit erfahren konnte: du, Samuel. Aber er wollte es dir nicht leicht machen. Du solltest das nur herausbekommen, wenn es dir etwas wert wäre.«

Justus grinste zufrieden. »Das hat Mr Reynolds bewiesen, indem er die drei ??? engagiert hat!«

»Ich wusste eben, dass ich mich auf euch verlassen kann, Justus!«

Amanda schloss die Augen. Die nächsten Worte schienen ihr schwerzufallen. »Mein Fehler bestand darin, dass ich das Geld für mich selbst wollte. Also habe ich mich an Nash gewandt, der mir helfen sollte. Zunächst wollten wir dir, Samuel, die Botschaft stehlen. Ich habe zu spät begriffen, dass Nash die völlig falschen Mittel angewendet hat. Als ihm dann gedämmert ist, dass es um die damalige Beute ging, hat er endgültig alle Skrupel verloren.«

»Du siehst, wohin es geführt hat!« Reynolds schüttelte den Kopf. »Er hätte euch alle fast umgebracht und er selbst liegt nun im Krankenhaus. Von dort aus wird es für ihn direkt ins Gefängnis gehen.«

Peter verschränkte die Hände hinter dem Kopf. »Damit wäre alles geklärt. Bob, wieder ein Fall, den du zu den Akten legen kannst!«

»Nicht so schnell«, dämpfte Justus seinen Optimismus. »Eines ist mir immer noch nicht klar. Wie haben Sie herausge-

funden, dass Sie in die Tiefe steigen müssen, Mrs Dearing? Und Nash ebenfalls?«
»Für meinen Fall kann ich dir eine einfache Erklärung liefern«, versicherte Amanda. »Der Stadtforscher Logan Bennett hat mir brühwarm mitgeteilt, was ihr herausgefunden habt.«
»Aber er hatte uns versprochen, zu schweigen!«
»Tja. Ich hatte ihm schon vorher während meines Besuches eine Menge Geld versprochen, wenn er das Rätsel des wahren Zentrums doch noch knacken könne. Das war ihm wohl mehr wert als das Versprechen, das er euch gegeben hat. Und was Nash angeht … nun, ich fürchte, er hat mich beobachtet und ich habe ihn direkt in die Tiefe geführt.«
Justus seufzte. »Kollegen, da waren wir wohl einfach zu gutgläubig.«
Dem widersprach niemand. Eine Weile schwiegen alle, dann ergriff Samuel Reynolds das Wort. »Und das ist gar nicht so übel, Justus. Denn Schurken gibt es ohnehin schon an jeder Ecke …«